瑞蘭國際

瑞蘭國際

開口說！

新版

日本美食全指南

史上最強！滿足味蕾的日語完全攻略！

旅日美食達人 林潔珏 著・攝影

すし
寿司
<su.shi>
壽司

くしやき
串焼
<ku.shi.ya.ki>
烤串

そば
<so.ba>
蕎麥麵

ワッフル
<wa.f.fu.ru>
格子鬆餅

要輕鬆愉快且有效率地學習日語，
一定要找一本能吸引你的學習書！

初次和日本料理的邂逅，是在40多年前父親從中山北路的日本料理店帶回家給大家嚐鮮的握壽司便當。當時在台灣，日本料理並不像現在那麼普羅大眾，也不像現在有那麼多平價日本連鎖店進駐台灣可供選擇，因此日本料理對當時的我來說不僅遙不可及，也高不可攀，所以初次的邂逅帶給我莫大的震撼，也激起我對日本料理的探求心。待工作有自己的收入之後，沒事常會找藉口去日本料理店光顧，而且只要有機會出國旅遊，也會選擇去日本一飽口福。

或許是緣分，終身的伴侶是個對日本料理很專情的日本人，而婚後定居日本，除了自己開拓美食據點，同樣是吃貨的老公，也經常帶我到處吃吃喝喝，再加上自己喜歡在部落格、臉書或IG投稿美食文章或相片，不知不覺中，口袋裡的美食名單越來越充實，可用來當作素材的美食相片和資訊也越來越豐富。

由於媒體的發達，大家對日本料理的認知與關心度與日俱增。有不少朋友不惜千里，前來日本親身體驗道地的日本美食。日本有什麼美味、怎麼表達、如何享用，就成了行前不能不準備的功課。因為有了萬全的準備，才能安心享用不留遺憾啊。於是我有了一個發想，為何不寫一本幫助讀者熟悉日本美食，又能學好日文現學現賣的學習書呢？

　　近年來，日幣狂貶，想要輕鬆來一趟日本美食之旅已非難事。不過日本也因為多年疫情的影響，有很多店家不幸被淘汰，留下來的幾乎都是具有實力且經得起考驗的店家。本書特別將這些具有代表性的店家放進新版，希望對有計畫來日本的朋友有所幫助。

　　這本以美食為主題的日語學習書，除了有精美相片做比對的美食相關學習內容，也涵蓋了日本生活上非常實用的語彙和句型，說它是一本「食用」＋「實用」的語言學習書一點也不為過。感嘆日語學習總是半途而廢不能持久的朋友，或許不是你毅力不夠，只是沒找對參考書而已。找一本能吸引你、看了不會想睡覺的學習書才能貫徹始終啊。喜歡日本美食又想學好日語的朋友，何不試試這本可以刺激食慾的日語學習書呢？

　　最後在這裡要感謝為了拍攝美食資料，一路下來陪我吃吃喝喝的親朋好友，也感謝出版社的夥伴們在製作上的協助與支援。此外，對日本生活有興趣的朋友，也歡迎至如下分享我在日本生活的點滴。

Instagram：chiehwalin
Facebook：Chieh Wa Lin

林潔珏

如何使用本書

音檔序號

仔細聽，跟著讀，自然說出
一口流利的東京標準語！

開口說一型！

おろしそば って、
どんなそばですか。

o.ro.shi so.ba t.te do.n.na so.ba de.su ka
所謂的 羅蔔泥蕎麥麵 ，是哪種蕎麥麵呢？

美味又健康
的蕎麥麵

そば
< so.ba >
蕎麥麵

蕎麥麵冷熱皆宜，也有多種配料可供選擇，喜歡蕎麥獨特清
香的朋友，不妨來道最簡單的蕎麥涼麵，只要沾上少許的醬汁，
就能感受到蕎麥的真滋味。

把下面的美食，套進 □ 說說看！

わかめそば
wa.ka.me so.ba
裙帶菜蕎麥麵

天ぷらそば
< te.n.pu.ra so.ba >
天婦羅蕎麥麵

●月見そば
< tsu.ki.mi so.ba >
雞蛋蕎麥麵

38 開口說！日本美食全指南──新版

羅馬拼音

全書附上羅馬拼音，就算不會五十
音，也可以開口說！大口吃！

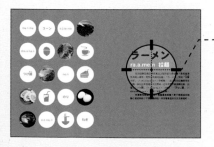

ラーメン
ra.a.me.n 拉麵

美食大觀園

拉麵來自中國？天婦羅是歐洲人傳進日本的？
13種最具代表性的日本美食，快來了解它們的
前世今生吧！

句型說說看

把好吃的美食直接套進句型裡，
點菜真容易！

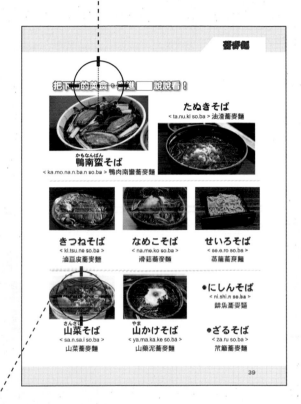

美食大閱兵

日本現地實拍超美味寫真，讓你大
飽眼福，這樣背單字更輕鬆啦！

餐廳好用會話

最實用的餐飲日語，不管是內用
還是外帶，趕快學起來！

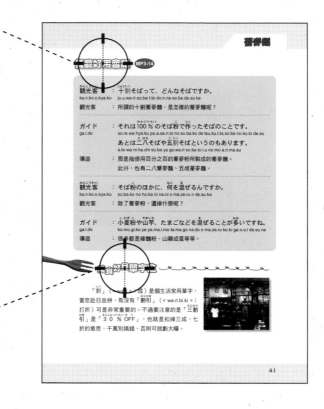

餐廳好用會話　MP3-14

観光客 ka.n.ko.o.kya.ku	十割そばって、どんなそばですか。 ju.u.wa.ri so.ba t.te do.n.na so.ba de.su ka
觀光客	所謂的十割蕎麥麵，是怎樣的蕎麥麵呢？
ガイド ga.i.do	それは100％のそば粉で作ったそばのことです。 so.re wa hya.ku pa.a.se.n.to no so.ba.ko de tsu.ku t.ta so.ba no ko.to de.su あとは二八そばや五割そばというのもあります。 a.to wa ni.ha.chi so.ba ya go.wa.ri so.ba to i.u no mo a.ri.ma.su
導遊	那是指使用百分之百的蕎麥粉所製成的蕎麥麵。 此外，也有二八蕎麥麵、五成蕎麥麵。
観光客 ka.n.ko.o.kya.ku	そば粉のほかに、何を混ぜるんですか。 so.ba.ko no ho.ka ni na.ni o ma.ze.ru n de.su ka
觀光客	除了蕎麥粉，還摻什麼呢？
ガイド ga.i.do	小麦粉や山芋、たまごなどを混ぜることが多いですね。 ko.mu.gi.ko ya ya.ma.i.mo ta.ma.go na.do o ma.ze.ru ko.to ga o.o.i de.su ne
導遊	很多都是摻麵粉、山藥或蛋等等。

美食好用單字盒

「割」（＜わ． 成）是個生活常用單字，
當您赴日血拼，有沒有「割引」（＜wa.ri.bi.ki）；
打折）可是非常重要的。不過要注意的是「三割
引」是「３０％OFF」，也就是扣掉三成、七
折的意思，千萬別搞錯，否則可就虧大囉。

41

美食好用單字盒

淺顯易懂的重點字彙解說，深入了解
日本風俗習慣，學習日語最迅速！

平價好店大公開

街上店家林立，到底要吃什麼才好？
美食達人嚴選好店及推薦菜單，再也
不怕踩到地雷啦！

餐廳情報大公開

完整呈現店家資訊、特
色、交通方式、營業時
間，鎖定目標馬上出發！

美食菜單精選

達人實地勘查以身試菜，幫你找
出最好吃的料理，跟著點準沒
錯！擔心雞同鴨講嗎？用手一指
就可以點菜，絕對安心！

如何掃描QR Code下載音檔

1. 以手機內建的相機或是掃描QR Code的App掃描封面的QR Code
2. 點選「雲端硬碟」的連結之後，進入音檔清單畫面，接著點選畫面右上角的「三個點」。
3. 點選「新增至『已加星號』專區」一欄，星星即會變成黃色或黑色，代表加入成功。
4. 開啟電腦，打開您的「雲端硬碟」網頁，點選左側欄位的「已加星號」。
5. 選擇該音檔資料夾，點滑鼠右鍵，選擇「下載」，即可將音檔存入電腦。

目次

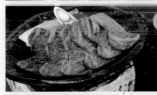

大とろ（おお）

to.ri.ga.i

ミル貝（がい）

ta.ma.go

shi.ra.u.o

白魚（しらうお）

うに

いくら

mi.ru.ga.i

寿司
su.shi 壽司

　　您知道外國人最喜歡的日本料理是什麼嗎？日本人在發薪日常以什麼料理來犒賞自己或闔家慶祝呢？那就是已成為世界共通語的「sushi」。您不知道該怎麼點壽司嗎？害怕踩到地雷敗興而歸嗎？若想在日本盡情享受道地且物美價廉的壽司一定得先做功課。那麼，請先讀好這篇吧。

海老 をください。

えび

e.bi o ku.da.sa.i

請給我 蝦子 。

比例完美的
握壽司

握り寿司

にぎ ず し

< ni.gi.ri zu.shi >

握壽司

　好吃的握壽司,除了新鮮的配料與恰到好處的醋飯,師傅精湛的捏工也是重要的關鍵,不能太緊也不能太鬆,當然也不能缺乏一口咬下的完美比例。

把下面的美食,套進□說說看!

赤貝
あかがい

< a.ka.ga.i >

血蚶

鯵
あじ

< a.ji >

竹筴魚

穴子
あな ご

< a.na.go >

星鰻

把下面的美食，套進☐說說看！

甘海老 あま えび < a.ma e.bi > 甜蝦

烏賊 いか < i.ka > 花枝

縁側 えんがわ
< e.n.ga.wa >
比目魚鰭邊肉

大とろ おお
< o.o to.ro >
大鮪魚肚肉

数の子 かず こ
< ka.zu.no.ko >
鯡魚子

かんぱち
< ka.n.pa.chi >
紅甘

こはだ
< ko.ha.da >
鼻海鰶

●**鰯** いわし
< i.wa.shi >
沙丁魚

●**鰹** かつお
< ka.tsu.o >
鰹魚

ひらめ 平目 はいくらですか。

hi.ra.me wa i.ku.ra de.su ka

比目魚 多少錢呢？

比例完美的握壽司

にぎ ず し 握り寿司

< ni.gi.ri zu.shi >

握壽司

　　好吃的握壽司，除了新鮮的配料與恰到好處的醋飯，師傅精湛的捏工也是重要的關鍵，不能太緊也不能太鬆，當然也不能缺乏一口咬下的完美比例。

把下面的美食，套進□說說看！

サーモン
< sa.a.mo.n >
鮭魚

しめさば 〆鯖
< shi.me sa.ba >
醋醃青花魚

しゃこ
< sha.ko >
蝦蛄

把下面的美食，套進☐☐說說看！

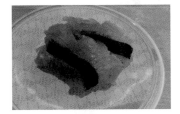
鯛 <たい>
< ta.i >
鯛魚

たこ
< ta.ko >
章魚

玉子 <たま ご>
< ta.ma.go >
日式煎蛋

中とろ <ちゅう>
< chu.u to.ro >
中鮪魚肚肉

粒貝 <つぶがい>
< tsu.bu.ga.i >
螺貝

鳥貝 <とりがい>
< to.ri.ga.i >
鳥貝

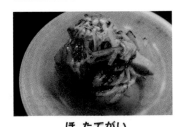
帆立貝 <ほ たてがい>
< ho.ta.te.ga.i >
扇貝

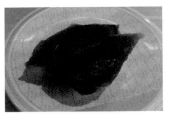
まぐろの赤身 <あか み>
< ma.gu.ro no a.ka.mi >
鮪魚赤身

ミル貝 <がい>
< mi.ru.ga.i >
象拔蚌

今日、鮑は入ってますか。

きょう　あわび　　はい

kyo.o a.wa.bi wa ha.i.t.te.ma.su ka

今天，有進 鮑魚 嗎？

満載幸福的
軍艦壽司

軍艦寿司
ぐんかん ず し
< gu.n.ka.n zu.shi >

軍艦壽司

　　像鮭魚子、銀魚這些容易散開的配料，多以軍艦壽司的型態來呈現，品嚐鮮美配料之餘，還能享受海苔的芳香。

把下面的美食，套進 □ 說說看！

いくら
< i.ku.ra >

鮭魚子

うに
< u.ni >

海膽

白魚
しらうお
< shi.ra.u.o >

銀魚

把下面的美食，套進 ▢ 說說看！

白子 < shi.ra.ko > 鱈魚精巢
_{しら こ}

蟹みそ < ka.ni mi.so > 蟹膏
_{かに}

葱とろ
_{ねぎ}
< ne.gi to.ro >
蔥花鮪魚

小柱
_{こ ばしら}
< ko.ba.shi.ra >
小干貝

とびっこ
< to.bi.k.ko >
飛魚卵

●**山いも**
_{やま}
< ya.ma.i.mo >
山藥

コーン
< ko.o.n >
玉米

●**海鮮サラダ**
_{かいせん}
< ka.i.se.n sa.ra.da >
海鮮沙拉

かき
< ka.ki >
牡蠣

てっかまき
鉄火巻 をお願いします。

te.k.ka ma.ki o o.ne.ga.i.shi.ma.su

麻煩給我 鮪魚卷 。

把好料通通
包起來

まきずし
巻寿司
< ma.ki zu.shi >

卷壽司

　　不論是細卷、裏卷（海苔裏配料，外面再裏上米飯），還是太卷（花壽司），都是把好料通通包起來的絕佳美味，貪心的朋友，想一口打盡各種好料嗎？那麼就來份卷壽司吧。

把下面的美食，套進 □ 說說看！

うめじそまき
梅紫蘇巻
< u.me.ji.so ma.ki >

酸梅紫蘇卷

まき
かっぱ巻
< ka.p.pa ma.ki >

小黃瓜卷

まき
かんぴょう巻
< ka.n.pyo.o ma.ki >

瓢瓜卷

把下面的美食，套進☐☐說說看！

めんたい こ まき
明太子巻
< me.n.ta.i.ko ma.ki > 明太子巻

たくあん巻
< ta.ku.a.n ma.ki > 醬瓜巻

なっとうまき
納豆巻
< na.t.to.o ma.ki >

納豆巻

ツナマヨ巻
< tsu.na.ma.yo ma.ki >

鮪魚美奶滋巻

たまごや まき
玉子焼き巻
< ta.ma.go.ya.ki ma.ki >

日式煎蛋壽司

ふとまき
太巻
< fu.to ma.ki >

花壽司

いか じ そ まき
烏賊紫蘇巻
< i.ka.ji.so ma.ki >

花枝紫蘇巻

あな まき
●穴きゅう巻
< a.na.kyu.u ma.ki >

星鰻小黃瓜巻

●カリフォルニア
ロール
< ka.ri.fo.ru.ni.a ro.o.ru >

加州巻

もう少し ガリ を もらえますか。

mo.o su.ko.shi ga.ri o mo.ra.e.ma.su ka

能再給我一點 醋薑 嗎？

別忘了
還有這些！

なくてはいけない脇役
< na.ku.te.wa i.ke.na.i wa.ki.ya.ku >

不能沒有的配角

　　沒有這些配角，就無法提出壽司的好滋味。特別是芥末，日本餐廳通常只給一點點，喜歡芥末嗆鼻快感的朋友，不要客氣，可多要些。

把下面的美食，套進 □ 說說看！

わさび
< wa.sa.bi >
芥末

お茶
< o.cha >
茶

醤油
< sho.o.yu >
醬油

餐廳好用會話 MP3-06

板前 ： ご注文はいかがなさいますか。
いたまえ　ちゅうもん
i.ta.ma.e　go chu.u.mo.n wa i.ka.ga na.sa.i.ma.su ka

師傅 ： 要點些什麼呢？

客 ： お好みで。
きゃく　　この
kya.ku　o ko.no.mi de

客人 ： 我要單點的。

板前 ： はい、どうぞ。
いたまえ
i.ta.ma.e　ha.i do.o.zo

師傅 ： 好，請說。

客 ： まずは鯛をください、サビ抜きで。
きゃく　　　　たい　　　　　　　ぬ
kya.ku　ma.zu wa ta.i o ku.da.sa.i　sa.bi.nu.ki de

客人 ： 請先給我鯛魚，不要芥末。

美食好用單字盒

「お好み」（< o ko.no.mi >）原意為喜好，在這裡指
的是點自己喜歡吃的，如果對壽司不是很熟悉，也有一種
委託師傅推薦的方式，稱為「お任せ」（< o ma.ka.se >），
大部分的壽司店都會明定價格，但也有些高級壽司店必須
先告知您的預算，再由師傅來為您安排。此外，若干名
詞在壽司店裡有習慣的用法，如「サビ」（< sa.bi >；芥
末）、「ガリ」（< ga.ri >；醋薑）、「アガリ」（< a.ga.
ri >；茶），記起來您也是壽司達人喔。

梅ヶ丘寿司の美登利総本店　渋谷店

うめがおかずし　みどりそうほんてん　しぶやてん

u.me.ga.o.ka zu.shi no mi.do.ri so.o.ho.n.te.n shi.bu.ya te.n

梅丘壽司的美登利總本店　澀谷店

https://www.sushinomidori.co.jp/shops/shibuya/

🏠 東京都澀谷區道玄坂1-12-3澀谷Mark City East 4樓

📠 03-5458-0002

🚃 JR澀谷車站下，徒步1分鐘

😊 平日11：00～15：00（L.O.14：30）
　　　17：00～21：00（L.O.20：30）
　　星期六・日・假日 11：00～21：00（L.O.20：30）

　　以親切的價格，提供當日由築地卸賣市場直送的新鮮海味。除了道地的傳統壽司，也有新穎的加州卷和挪威卷等時尚口味。菜單內容豐富，質與量也不會讓大家失望。中午套餐800日圓起，也有兒童套餐，適合闔家光臨。其他分店詳細請參閱如下網址。

　　https://www.sushinomidori.co.jp/shop-list/

おすすめメニュー（推薦菜單）

超特選握り -------------------- ちょうとくせんにぎ さんぜんろっぴゃくさんじゅうえん **３６３０円**
cho.o to.ku.se.n ni.gi.ri
特選握壽司 -------------------- 3630日圓
（附茶碗蒸、迷你蟹膏沙拉）

元祖アナゴー本付 -------------------- がんそ いっぽんつき はっぴゃくはちじゅうえん **８８０円**
ga.n.so a.na.go i.p.po.n.tsu.ki
元祖整條星鰻握壽司 -------------------- 880日圓

極上まぐろづくし -------------------- ごくじょう さんぜんさんびゃくえん **３３００円**
go.ku.jo.o ma.gu.ro zu.ku.shi
特級綜合鮪魚套餐 -------------------- 3300日圓
（含鮪魚各種部位的綜合套餐）

沼津魚がし鮨　横浜ランドマーク店

ぬまづうおずしよこはまてん

nu.ma.zu u.o.ga.shi.zu.shi yo.ko.ha.ma ra.n.do.ma.a.ku te.n

沼津魚河岸壽司　横濱Landmark店

http://www.uogashizushi.co.jp/

🏠 神奈川縣橫濱市西區港未來2-2-1 Landmark Plaza 5樓　　🚌 JR櫻木町車站下，徒步6分鐘

☎ 045-222-5550　　😊 11：00～22：00（L.O.21：30）

　　1貫100日圓起，價格雖走親民路線，但使用的魚貝類皆為沼津產地直送，相當講究，一點也不馬虎，要享受便宜又道地的壽司非此莫屬。特別值得一提的是該店使用尖端科技的點菜觸控螢幕，對壽司食材不甚熟悉的朋友，還可以邊看螢幕邊研究，吃得安心也多了份情趣。特推該店的炙烤壽司，炙烤的手續將魚貝類的原味整個封住，入口後散發出來的絕妙滋味，一定會讓您難忘的。其他分店詳細請參考如上網址。

🗨）日本壽司的單位為「貫」（＜ ka.n ＞；個），單點時很多都是以1份2貫的價錢來計算（也有以一貫來計算的壽司店，享用前請務必確認清楚），至於價格均一的壽司店，較高級的配料，如鮪魚肚肉或海膽則多以一貫的價錢來計算。

おすすめメニュー（推薦菜單）

じゅっかんにぎ
10貫握り -- せんろっぴゃくごじゅうえん
１６５０円

ju.k.ka.n ni.gi.ri

10貫握壽司 -- 1650日圓

（附沙拉、味噌湯）

まんぷく
満腹ランチ -- せんきゅうひゃくはちじゅうえん
１９８０円

ma.n.pu.ku ra.n.chi

滿腹午間套餐 -------------------------------------- 1980日圓

（附沙拉、味噌湯）

とくせんにぎ
特選握り -- にせんさんびゃくえん
２３００円

to.ku.se.n ni.gi.ri

特選握壽司 -- 2300日圓

（附沙拉、味噌湯）

me.n.ma

コーン

a.ji.ta.ma

cha.a.ha.n

つけ麺（めん）

no.ri

のり

o.o mo.ri

ねぎ

ラーメン

ra.a.me.n 拉麵

　　您知道數目居日本飲食店之冠的是什麼店嗎？那就是深受年輕人喜愛、便宜又大碗的拉麵。「ラーメン」別名「中華そば」（＜ chu.u.ka so.ba ＞；中華麵），由此可知拉麵是來自中國，卻在日本發揚光大的美味。近年來還不斷推陳出新，出現了「つけ麵」（＜ tsu.ke me.n ＞；沾麵）、「汁なし麵」（＜ shi.ru.na.shi me.n ＞；乾麵）等創新口味。

　　您喜歡味噌還是鹽味？粗麵還是細麵？要不要順道來個糖心蛋或煎餃？不想錯過的話，快來看看這些日文怎麼說吧。

私は　塩ラーメン　が 好きです。

wa.ta.shi wa shi.o ra.a.me.n ga su.ki de.su

我喜歡　鹽味拉麵　。

湯底醬汁、配料與拉麵的絕妙組合

ラーメン
< ra.a.me.n >

拉麵

　　拉麵依湯底醬汁可概分成鹽味、醬油、豬骨與味噌四大口味。近年來，因拉麵業者競爭的激烈，挑嘴的顧客與日俱增，使拉麵的口味越來越多樣化，除了上述傳統的口味，在日本也能嚐到很性格的另類拉麵喔。

把下面的美食，套進□說說看！

タンタンメン
< ta.n.ta.n me.n >

担担麵

醬油ラーメン
< sho.o.yu ra.a.me.n >

醬油拉麵

野菜ラーメン
< ya.sa.i ra.a.me.n >

蔬菜拉麵

把下面的美食，套進☐說說看！

葱（ねぎ）ラーメン
< ne.gi ra.a.me.n > 香蔥拉麵

チャーシューメン
< cha.a.shu.u me.n > 叉燒麵

ワンタンメン
< wa.n.ta.n me.n >
餛飩麵

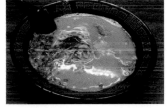

豚骨（とんこつ）ラーメン
< to.n.ko.tsu ra.a.me.n >
豬骨拉麵

つけ麺（めん）
< tsu.ke me.n >
沾麵

地獄（じごく）ラーメン
< ji.go.ku ra.a.me.n >
超辣拉麵

五目（ごもく）ラーメン
< go.mo.ku ra.a.me.n >
什錦拉麵

●**味噌（みそ）ラーメン**
< mi.so ra.a.me.n >
味噌拉麵

●**角煮（かくに）ラーメン**
< ka.ku.ni ra.a.me.n >
滷五花肉拉麵

にんにくおろし を
入れないでください。

ni.n.ni.ku o.ro.shi o i.re.na.i.de ku.da.sa.i

請不要放 蒜泥 。

不可或缺的
配角

トッピング
< to.p.pi.n.gu >

配料

　　即使湯頭醇美、麵Q有咬勁，若缺乏應有的配料，就不算是一道完美無缺的拉麵，讓我們快來看看有哪些配料吧。

把下面的美食，套進 □ 說說看！

葱
< ne.gi >
蔥

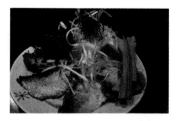

チャーシュー
< cha.a.shu.u >
叉燒

ワンタン
< wa.n.ta.n >
餛飩

把下面的美食，套進 ☐ 說說看！

のり <no.ri> 海苔

なると <na.ru.to>
有粉紅色漩渦狀花紋的魚板

メンマ
<me.n.ma>
筍乾

に たまご
煮玉子
<ni ta.ma.go>
水煮蛋

コーン
<ko.o.n>
玉米

はんじゅくたま ご
●半熟玉子 <ha.n.ju.ku ta.ma.go> 糖心蛋

あじたま
●味玉 <a.ji ta.ma> 滷蛋

●きくらげ <ki.ku.ra.ge> 木耳

べにしょう が
紅生姜
<be.ni sho.o.ga>
紅薑

本店の 焼餃子 を試してみませんか。
（ほんてん）（やきぎょうざ）（ため）

ho.n.te.n no ya.ki.gyo.o.za o ta.me.shi.te mi.ma.se.n ka

要不要試試本店的 煎餃 ？

讓饕客更加滿足的副菜

サイドメニュー
< sa.i.do me.nyu.u >

副菜

　　擔心光吃拉麵太單調、填不飽肚子的朋友，請放心，除了拉麵，拉麵店也有各種副菜來滿足您的需求。

把下面的美食，套進 □ 說說看！

水餃子
（すいぎょうざ）
< su.i gyo.o.za >

水餃

葱チャーシュー丼
（ねぎ）（どん）
< ne.gi cha.a.shu.u do.n >

香蔥叉燒蓋飯

チャーハン
< cha.a.ha.n >

炒飯

別忘了還有這些！ MP3-10

喜歡吃香喝辣、食量大、對麵很挑的朋友，不加胡椒、辣油、不點大碗、不堅持麵的種類，勢必無法滿足，那麼就快把下面單字記起來吧。

にんにくおろし
< ni.n.ni.ku o.ro.shi >

蒜泥

胡椒（こしょう）
< ko.sho.o >

胡椒

ラー油（ゆ）
< ra.a.yu >

辣油

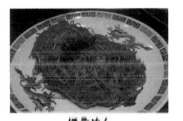

細麺（ほそめん）
< ho.so me.n >

細麵

太麺（ふとめん）
< fu.to me.n >

粗麵

ちぢれ麺（めん）
< chi.ji.re me.n >

捲麵

●並盛（なみもり）
< na.mi mo.ri >

普通量

●大盛（おおもり）
< o.o mo.ri >

大碗

●特盛（とくもり）
< to.ku mo.ri >

特大碗

餐廳好用會話 (MP3-11)

客 ： 特製豚骨ラーメンを1つ。
kya.ku　to.ku.se.e to.n.ko.tsu ra.a.me.n o hi.to.tsu

客人 ： 一碗特製豬骨拉麵。

店員 ： 並盛でよろしいですか。
te.n.i.n　na.mi mo.ri de yo.ro.shi.i de.su ka

店員 ： 普通的嗎？

客 ： いいえ、大盛で。
kya.ku　i.i.e o.o mo.ri de

客人 ： 不，大碗的。

店員 ： お得な半チャーハン付きのもありますが……。
te.n.i.n　o to.ku.na ha.n cha.a.ha.n tsu.ki no mo a.ri.ma.su ga

店員 ： 也有划算的附小碗炒飯套餐……。

客 ： いいです。
kya.ku　i.i de.su

客人 ： 不用了。

美食好用單字盒

　　日本菜單常會看到「～付き」這個字眼，表示「附～」的意思。例如「ドリンクバー付き」（< do.ri.n.ku.ba.a tsu.ki >；附飲料無限暢飲）、「デザート付き」（< de.za.a.to tsu.ki >；附甜點）、「食前酒付き」（< sho.ku.ze.n.shu tsu.ki >；附飯前酒）等等，一般而言，有附帶的套餐會比較划算。

平價好店大公開

博多一風堂　横浜ポルタ店
はか た いっぷうどう　よこはま　てん
ha.ka.ta i.p.pu.u.do.o yo.ko.ha.ma po.ru.ta te.n

博多一風堂　横濱PORTA店

https://stores.ippudo.com/1016

🏠 神奈川縣橫濱市西區高島2-16 PORTA B1-117
☎ 045-444-2205
🚌 JR、京急、東急等線，橫濱車站下，
　　往東口方向徒步1分鐘即抵。
😊 11：00〜22：30

　　以福岡本店為起點的一風堂，分店遍布日本全國各地與海外多國。為一風堂二大台柱的清爽「白丸原味麵」與濃郁「赤丸加味麵」，皆使用獨家秘方精心熬製的湯頭，不帶絲毫的豬骨羶味，因此也深受女性的歡迎。喜歡吃辣的朋友特推該店的香辣担担麵。其他分店詳細內容請參考如下網址。

　　https://www.ippudo.com

おすすめメニュー（推薦菜單）

白丸元味 — しろまるもとあじ
shi.ro.ma.ru mo.to a.ji
白丸原味 ——————————————————— 850日圓
850円 はっぴゃくごじゅうえん

赤丸かさね味 — あかまる あじ
a.ka.ma.ru ka.sa.ne a.ji
赤丸加味 ——————————————————— 950日圓
950円 きゅうひゃくごじゅうえん

極からか麺 — きわめ めん
ki.wa.me ka.ra.ka me.n
極品香辣担担麵 —————————————— 990日圓
990円 きゅうひゃくきゅうじゅうえん

らーめん山頭火　原宿店
ra.a.me.n sa.n.to.o.ka ha.ra.ju.ku te.n

拉麵山頭火　原宿店

https://www.santouka.co.jp/shop-jp/kanto/area03-001

🏠 東京都澀谷區神宮前6-1-6角田大樓1樓
☎ 03-5464-5521
🚇 東京地下鐵副都心線明治神宮前站下，徒步2分鐘
🕐 星期一～六 11：00～22：00（L.O.21：45）
　　星期日11：00～21：00（L.O.20：45）

　　因注重熬煮時的火候調節，湯頭清甜順口，顧客幾乎都是喝乾了它，不會把湯汁留下。除了基本的鹽味、醬油與味噌拉麵，還有新推出的辣味噌口味。特推該店軟嫩叉燒，有高級鮪魚肚肉般入口即化的口感，相信一定能讓您回味無窮。其他分店詳細請參閱如下網址。

https://www.santouka.co.jp

おすすめメニュー（推薦菜單）

塩ラーメン ———————————————————————— 1000円
shi.o ra.a.me.n
鹽味拉麵 ——————————————————————————— 1000日圓

味噌ラーメン ——————————————————————— 1000円
mi.so ra.a.me.n
味噌拉麵 ——————————————————————————— 1000日圓

とろ肉塩ラーメン ————————————————— １４20円
to.ro.ni.ku shi.o ra.a.me.n
軟嫩叉燒鹽味拉麵 ——————————————————— 1420日圓

一蘭　渋谷店
いちらん　しぶ や てん

i.chi.ra.n shi.bu.ya te.n

一蘭　澀谷店

https://ichiran.com/shop/tokyo/shibuya/

- 東京都澀谷區神南1-22-7 岩本大樓B1
- 03-3463-3667
- JR澀谷站下，徒步3分鐘
- 10：00～翌日6：00

　　淋在中央的秘傳醬汁是以辣椒為底，調和30多種材料的獨門配方，以深奧獨特的辣味而廣受喜愛。眼前以布簾和竹簾、兩邊則以木板隔間的吧台席，能讓顧客心無旁鶩享受拉麵的美妙滋味。雖然一蘭僅提供1種拉麵，但顧客可依自己的喜好選擇麵的硬度、味道的濃淡、辣度、叉燒的多寡甚至蔥的種類來做變化，這詳盡的服務是其他店無法比擬的。其他分店詳細請參閱如下網址。

https://ichiran.com

おすすめメニュー（推薦菜單）

ラーメン		きゅうひゃくはちじゅうえん ９８０円
ra.a.me.n		
拉麵		980日圓

はんじゅくしお 半熟塩ゆでたまご		ひゃくよんじゅうえん １４０円
ha.n.ju.ku shi.o.yu.de ta.ma.go		
半熟鹽水煮蛋		140日圓

ついか 追加ねぎ（4倍） よんばい		ひゃくさんじゅうえん １３０円
tsu.i.ka ne.gi yo.n ba.i		
追加蔥（4倍）		130日圓

月見そば
<ruby>月見<rt>つきみ</rt></ruby>そば

<ruby>青<rt>あお</rt></ruby>のり

a.o.no.ri

a.sa.tsu.ki

ざるそば

<ruby>山菜<rt>さんさい</rt></ruby>そば

せいろそば

<ruby>浅葱<rt>あさつき</rt></ruby>

za.ru so.ba

そば

so.ba 蕎麥麵

　　日本人在除夕夜要吃「年越しそば」（＜ to.shi.ko.shi so.ba ＞；除夕蕎麥麵），搬家時，也有給新鄰居「引越しそば」（＜ hi.k.ko.shi so.ba ＞；搬家蕎麥麵）的習慣，可見蕎麥麵和日本人的生活關係密切。而蕎麥麵也是日常極為普遍的食品，普遍到車站附近或月台都可看到蕎麥麵的小吃攤。蕎麥麵因卡路里較低且含豐富纖維與維生素，也被日本人視為健康的聖品，在飽嚐美食之餘，可別忘了穿插幾餐清爽健康的蕎麥麵喔。

おろしそば って、どんなそばですか。

o.ro.shi so.ba t.te do.n.na so.ba de.su ka

所謂的 蘿蔔泥蕎麥麵 ，是哪種蕎麥麵呢？

美味又健康
的蕎麥麵

そば
< so.ba >
蕎麥麵

蕎麥麵冷熱皆宜，也有多種配料可供選擇，喜歡蕎麥獨特清香的朋友，不妨來道最簡單的蕎麥涼麵，只要沾上少許的醬汁，就能感受到蕎麥的真滋味。

把下面的美食，套進 □ 說說看！

わかめそば
< wa.ka.me so.ba >
裙帶菜蕎麥麵

天ぷらそば
< te.n.pu.ra so.ba >
天婦羅蕎麥麵

●月見そば
< tsu.ki.mi so.ba >
雞蛋蕎麥麵

把下面的美食，套進▢說說看！

かもなんばん
鴨南蛮そば
< ka.mo.na.n.ba.n so.ba > 鴨肉南蠻蕎麥麵

たぬきそば
< ta.nu.ki so.ba > 油渣蕎麥麵

きつねそば
< ki.tsu.ne so.ba >
滷豆皮蕎麥麵

なめこそば
< na.me.ko so.ba >
滑菇蕎麥麵

せいろそば
< se.e.ro so.ba >
蒸籠蕎麥麵

さんさい
山菜そば
< sa.n.sa.i so.ba >
山菜蕎麥麵

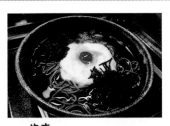

やま
山かけそば
< ya.ma.ka.ke so.ba >
山藥泥蕎麥麵

●**にしんそば**
< ni.shi.n so.ba >
鯡魚蕎麥麵

●**ざるそば**
< za.ru so.ba >
笊籬蕎麥麵

しちみ
七味 をかければ、もっと
おいしくなりますよ。

shi.chi.mi o ka.ke.re.ba mo.t.to o.i.shi.ku na.ri.ma.su yo

若加上 七味辣椒粉 ，會更好吃喔。

提味又提香
的佐料

こうしんりょう
香辛料
< ko.o.shi.n.ryo.o >

辛香料

喜歡辛香料的朋友首推由辣椒、生薑、芥子、陳皮、山椒、火麻仁、青海苔粉等原料混合而成的七味辣椒粉，提味又提香。

把下面的美食，套進□說說看！

あお
青のり
< a.o no.ri >

青海苔粉

あさつき
浅葱
< a.sa.tsu.ki >

蝦夷蔥

だいこん
大根おろし
< da.i.ko.n o.ro.shi >

白蘿蔔泥

餐廳好用會話 `MP3-14`

観光客 （かんこうきゃく） ka.n.ko.o.kya.ku	：十割そばって、どんなそばですか。 （じゅうわり） ju.u.wa.ri so.ba t.te do.n.na so.ba de.su ka
観光客	：所謂的十割蕎麥麵，是怎樣的蕎麥麵呢？

ガイド ga.i.do	：それは100％のそば粉で作ったそばのことです。 （ひゃくパーセント）（こ）（つく） so.re wa hya.ku pa.a.se.n.to no so.ba.ko de tsu.ku.t.ta so.ba no ko.to de.su あとは二八そばや五割そばというのもあります。 （にはち）（ごわり） a.to wa ni.ha.chi so.ba ya go.wa.ri so.ba to i.u no mo a.ri.ma.su
導遊	：那是指使用百分之百的蕎麥粉所製成的蕎麥麵。 此外，也有二八蕎麥麵、五成蕎麥麵。

観光客 （かんこうきゃく） ka.n.ko.o.kya.ku	：そば粉のほかに、何を混ぜるんですか。 （こ）（なに）（ま） so.ba.ko no ho.ka ni na.ni o ma.ze.ru n de.su ka
観光客	：除了蕎麥粉，還摻什麼呢？

ガイド ga.i.do	：小麦粉や山芋、たまごなどを混ぜることが多いですね。 （こむぎこ）（やまいも）（ま）（おお） ko.mu.gi.ko ya ya.ma.i.mo ta.ma.go na.do o ma.ze.ru ko.to ga o.o.i de.su ne
導遊	：很多都是摻麵粉、山藥或蛋等等。

美食好用單字盒

「割」（＜wa.ri＞；成）是個生活常用單字，當您赴日血拼，有沒有「割引」（＜wa.ri.bi.ki＞；打折）可是非常重要的。不過要注意的是「三割引」是「３０％ OFF」，也就是扣掉三成、七折的意思，千萬別搞錯，否則可就虧大囉。

平價好店大公開

永坂更科 布屋太兵衛　池袋東武店
いけぶくろとう ぶ てん

na.ga.sa.ka sa.ra.shi.na nu.no.ya ta.he.e i.ke.bu.ku.ro to.o.bu te.n

永坂更科 布屋太兵衛　池袋東武店

http://nagasakasarasina.co.jp/shop/tokyo/ikebukuro.html

東京都豐島區西池袋1-1-25 東武百貨公司SPICE12F

03-5960-1801

JR池袋車站西口徒步2分鐘

11：00～22：00（L.O.21：30）

為日本蕎麥麵三大招牌之一的永坂更科布屋太兵衛，擁有210年悠久的歷史，深受東京在地人的喜愛。人氣的祕密來自嚴選北海道產蕎麥，石臼研磨製造的手法更添芳香與咬勁。店內最有人氣的是以純蕎麥芯製作、色澤白皙、口味芳醇的御前蕎麥麵。而自製甘、辛兩種口味的醬汁，也有獨到之處，甘醇的甘味醬汁最適合御前蕎麥麵，而糖分較低的辛味醬汁則適合純蕎麥麵，當然也可以依喜好自行調配。其他分店請參考如下網址。

http://www.nagasakasarasina.co.jp/

おすすめメニュー（推薦菜單）

ごぜん 御前そば go.ze.n so.ba	せんにじゅうえん 1020円
御前蕎麥麵	1020日圓
き こうち 生粉打そば ki.ko.u.chi so.ba	せんにじゅうえん 1020円
純蕎麥麵蒸籠	1020日圓
かも 鴨せいろ ka.mo se.e.ro	にせんさんびゃくよんじゅうえん 2340円
鴨肉蒸籠蕎麥麵	2340日圓

42　開口說！日本美食全指南——新版

総本家小松庵　新宿高島屋店

そうほん け こ まつあん　しんじゅくたかしま や てん

so.o.ho.n.ke ko.ma.tsu.a.n shi.n.ju.ku ta.ka.shi.ma.ya te.n

總本家小松庵　新宿高島屋店

https://komatuan.com/rinen2/shinjuku.html

東京都澀谷區千駄谷5-24-4 新宿高島屋Times Sqare13樓

☎ 03-5361-1865

🚌 JR新宿車站下，由新南口徒步1分鐘

😊 星期日～四 11：00～22：00（L.O.21：00）
星期五・六 11：00～23：00（L.O.22：00）

　　創業於大正11年的總本家小松庵，嚴選北海道優質蕎麥，並堅持自家製粉，想品嚐正港蕎麥上乘滋味的朋友，選小松庵就對了。除了純蕎麥粉製作的「十割蕎麥麵」，也提供「二八蕎麥麵」（請參考本章餐廳好用會話），可體會不同的風味與口感。其他分店詳細請參考如下網址。

https://komatuan.com

おすすめメニュー（推薦菜單）

生粉打ちせいろ ——————— １３００円
き こう
せんさんびゃくえん
ki.ko.u.chi se.e.ro

純蕎麥蒸籠 ——————————— 1300日圓

生粉打ち海老天せいろ ——— ２６００円
き こう　えび てん
にせんろっぴゃくえん
ki.ko.u.chi e.bi.te.n se.e.ro

純蕎麥炸蝦天婦羅蒸籠 ———— 2600日圓

生粉打ち三昧 ————————————— ２９００円
き こう　ざんまい
にせんきゅうひゃくえん
ki.ko.u.chi za.n.ma.i

三昧純蕎麥麵 ——————————— 2900日圓

肉うどん
にく

go.ma da.re

a.o ji.so

ka.ke u.do.n

かけうどん

ni.ku u.do.n

力うどん
ちから

山菜うどん
さんさい

ごまだれ

うどん

u.do.n 烏龍麵

　　想來點清淡的嗎？選烏龍麵就對了。不論是熱呼呼的湯麵或清涼爽口的涼麵，便宜美味又好消化。除了一般的烏龍麵，喜歡Q彈有咬勁的朋友，特推「讚岐うどん」（＜ sa.nu.ki u.do.n ＞；讚岐烏龍麵），而山梨縣的「ほうとう」（＜ ho.o.to.o ＞；餺飥）、名古屋的「きしめん」（＜ ki.shi.me.n ＞；棊子麵）與琉球的「沖縄そば*」（＜ o.ki.na.wa so.ba ＞；沖繩麵條），也都是具有地方特色的烏龍麵。有機會前往這些地區的朋友，千萬不要錯過。

*註）「沖縄そば」因使用鹹水，規格上屬中華麵，但口味與吃法較　　　接近烏龍麵，所以也被視為烏龍麵的一種。

カレーうどん がなければ、ざるうどんでもいいです。

ka.re.e u.do.n ga na.ke.re.ba za.ru u.do.n de.mo i.i de.su

若無 咖哩烏龍麵 ，笊籬烏龍麵也可以。

呼嚕滑溜的好滋味

うどん
< u.do.n >
烏龍麵

　　烏龍麵看似簡單，但要做出Q彈有咬勁的麵條可是一門大學問。好吃的烏龍麵，只要打下生雞蛋，再淋上生醬油＊，就能讓人回味無窮呢。

＊註）生醬油（ き じょう ゆ ＜ ki.jo.o.yu ＞；未經加熱處理的醬油，有濃郁的麴香。）

把下面的美食，套進□說說看！

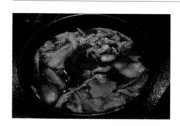

ゆばうどん
< yu.ba u.do.n >
腐皮烏龍麵

てんぷらうどん
< te.n.pu.ra u.do.n >
天婦羅烏龍麵

にく
肉うどん
< ni.ku u.do.n >
豬（牛）肉烏龍麵

把下面的美食，套進□說說看！

山菜うどん
さんさい

< sa.n.sa.i u.do.n > 山菜烏龍麵

力うどん
ちから

< chi.ka.ra u.do.n > 年糕烏龍麵

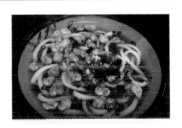

ぶっかけうどん
< bu.k.ka.ke u.do.n >

醬汁拌烏龍涼麵

鍋焼きうどん
なべ や

< na.be.ya.ki u.do.n >

鍋燒烏龍麵

かけうどん
< ka.ke u.do.n >

烏龍湯麵

● **きつねうどん** < ki.tsu.ne u.do.n >
滷豆皮烏龍麵

● **釜揚げうどん** < ka.ma.a.ge u.do.n >
かま あ
清湯熱烏龍麵

玉子うどん
たま ご

< ta.ma.go u.do.n >

雞蛋烏龍麵

● **焼きうどん** < ya.ki u.do.n > 炒烏龍麵
や

やはり 茗荷（みょうが）を入れた ほうがおいしいです。

ya.ha.ri myo.o.ga o i.re.ta ho.o ga o.i.shi.i de.su

還是加了 茗荷 比較好吃。

更添美味的佐料與醬汁

薬味とたれ（やくみ）
< ya.ku.mi to ta.re >

佐料和醬汁

烏龍麵有多樣的佐料與醬汁，不同的搭配，可變化出多元的口味，相信這變化多端的美味組合不會讓您生厭。

把下面的美食，套進 □ 說說看！

青紫蘇（あおじそ）
< a.o ji.so >
青紫蘇

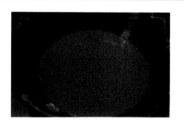

ごまだれ
< go.ma da.re >
芝麻醬汁

おろし生姜（しょうが）
< o.ro.shi sho.o.ga >
生薑泥

餐廳好用會話 MP3-17

てんいん
店員 ： いらっしゃいませ。
te.n.i.n　i.ra.s.sha.i.ma.se

なんめいさま
何名様でしょうか。
na.n.me.e sa.ma de.sho.o ka

店員 ： 歡迎光臨。請問有幾位？

きゃく
客 ： ふたり二人です。
kya.ku　fu.ta.ri de su

客人 ： 二個人。

てんいん
店員 ： きんえんせき禁煙席ときつえんせき喫煙席どちらがよろしいでしょうか。
te.n.i.n　ki.n.e.n se.ki to ki.tsu.e.n se.ki do.chi.ra ga yo.ro.shi.i de.sho.o ka

店員 ： 您要禁菸席還是吸菸席？

きゃく
客 ： きんえんせき禁煙席で。
kya.ku　ki.n.e.n se.ki de

客人 ： 禁菸席。

美食好用單字盒

　　一進日本餐廳，侍者會馬上問您「有幾位」、「要吸菸席還是禁菸席」。只要把禁菸席、吸菸席和人數的說法記起來，就不需要在就座前比手畫腳囉。

一人< hi.to.ri >　二人< fu.ta.ri >　三人< sa.n.ni.n >　四人< yo.ni.n >

五人< go.ni.n >　六人< ro.ku.ni.n >　七人< shi.chi.ni.n >或七人< na.na.ni.n >

八人< ha.chi.ni.n >　九人< kyu.u.ni.n >　十人< ju.u.ni.n >

美々卯　新大阪店
（み み う）（しんおおさかてん）

mi.mi.u shi.n.o.o.sa.ka te.n

美美卯　新大阪店

https://www.mimiu.co.jp/restaurant/shinosaka/

🚇 大阪府大阪市淀川區西中島5-16-1JR新大阪車站大樓2樓

☎ 06-6100-3385

🚃 JR新大阪車站下，徒步2分鐘

🙂 10：30〜22：30（烏龍麵壽喜鍋L.O.21：00，其他21：45）

　　創業逾200多年的美美卯，提供道地的關西風烏龍麵，堅持自家製麵，品質保證。各式套餐內容豐富多彩，想要來點奢華的享受，不妨試試這裡的招牌「うどんすき」（＜ u.do.n su.ki ＞；烏龍麵壽喜鍋）。中午也有經濟實惠的套餐與單品，高貴不貴。各地分店請參閱如下網址。

　　http://www.mimiu.co.jp

おすすめメニュー（推薦菜單）

天ぷらうどん ——————————— せんろっぴゃくにじゅうえん　１６２０円
（てん）
te.n.pu.ra u.do.n
天婦羅烏龍麵 ——————————————— 1620日圓

湯葉うどん ——————————————— せんさんびゃくにじゅうえん　１３２０円
（ゆ ば）
yu.ba u.do.n
腐皮烏龍麵 ——————————————— 1320日圓

うどんすき（一人前）——————— よんせんななじゅうえん　４０７０円
　　　　　　（いちにんまえ）
u.do.n su.ki i.chi.ni.n.ma.e
烏龍麵壽喜鍋（一人份）——————— 4070日圓

はなまるうどん　横浜ポルタ店

ha.na.ma.ru u.do.n yo.ko.ha.ma po.ru.ta te.n

花丸烏龍麵　橫濱PORTA店

https://stores.hanamaruudon.com/hanamaru/stop/detail?code0=1159

🏠 神奈川縣橫濱市西區高島2-16 橫濱PORTA B1F

☎ 045-594-6226

🚃 JR橫濱車站下，徒步2分鐘

🕚 11：00～21：30

　　用便宜又大碗來形容花丸烏龍麵再合適也不過了。花丸採自家製麵，以及顧客自助取餐經營方式，因此可以低廉的價格提供優質又道地的讚岐烏龍麵。Q彈有咬勁的麵條之外，使用青花魚、柴魚、昆布等多種食材熬製的高湯醬汁更是耐人尋味。各式的烏龍麵都有大中小3種份量可供選擇，此外還可自行搭配天婦羅、飯糰、關東煮和豆皮壽司。除非您是大胃王，1枚500日圓銅板，就能享受豐盛的一餐。其他分店詳細請參考如下網址。

http://www.hanamaruudon.com

おすすめメニュー（推薦菜單）

ぶっかけうどん ―――――――――――― ３６０円から
bu.k.ka.ke u.do.n
醬汁拌烏龍涼麵 ―――――――――――――――― 360日圓起

カレーうどん ――――――――――――― ５９０円から
ka.re.e u.do.n
咖哩烏龍麵 ――――――――――――――――――― 590日圓起

天ぷら各種 ―――――――――――― １２０円から
te.n.pu.ra ka.ku.shu
各種天婦羅 ――――――――――――――――――― 120日圓起

マトン

fu.gu

もつ鍋(なべ)

yu.do.o.fu

ゆるり屋

おでん

e.bi

寄(よ)せ鍋(なべ)

湯豆腐(ゆどうふ)

o.de.n

鍋料理

<ruby>鍋料理<rt>なべりょう り</rt></ruby>

なべりょう り

na.be ryo.o.ri
火鍋料理

　　在嚴寒的冬季，來道熱騰騰強強滾的火鍋，絕對是人生一大享受。日本的火鍋料理種類繁多，不論是傳統的涮涮鍋、壽喜燒、什錦火鍋、相撲鍋、內臟鍋、關東煮、湯豆腐，還是受外來影響，近年廣為流傳的咖哩鍋、泡菜鍋、牛奶鍋、藥膳鍋，都是讓大家打心底暖和起來的佳餚美饌。糟糕，這麼多選擇，該吃哪個好呢？

一度くらいは ちゃんこ鍋 を 食べてみたいです。

i.chi.do ku.ra.i wa cha.n.ko na.be o ta.be.te mi.ta.i de.su

至少也想吃一次 相撲鍋 看看。

驅寒聖品的
各式火鍋

鍋物
< na.be.mo.no >
火鍋

　　火鍋因有絕佳的驅寒效果，所以在寒冷的日本冬季，特別有
人氣。日本豐富的食材更讓火鍋的種類繁不勝數，就讓我們來認
識一下日本人常吃的火鍋吧。

把下面的美食，套進 □ 說說看！

柳川鍋
< ya.na.ga.wa na.be >
泥鰍牛蒡鍋

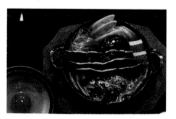

すきやき
< su.ki.ya.ki >
壽喜燒

●**鶏の水炊き**
< to.ri no mi.zu.ta.ki >
雞肉鍋

把下面的美食，套進 □ 說說看！

しゃぶしゃぶ
< sha.bu.sha.bu > 涮涮鍋

もつ<ruby>鍋<rt>なべ</rt></ruby>
< mo.tsu na.be > 內臟鍋

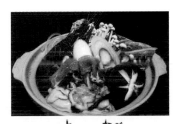

<ruby>寄<rt>よ</rt></ruby>せ<ruby>鍋<rt>なべ</rt></ruby>
< yo.se na.be >
什錦火鍋

<ruby>湯豆腐<rt>ゆ どう ふ</rt></ruby>
< yu.do.o.fu >
湯豆腐

かきの<ruby>土手鍋<rt>ど て なべ</rt></ruby>
< ka.kl no do.te na.be >
牡蠣味噌鍋

おでん
< o.de.n >
關東煮

どじょう<ruby>鍋<rt>なべ</rt></ruby>*
< do.jo.o na.be >
泥鰍鍋

●<ruby>石狩鍋<rt>いしかりなべ</rt></ruby>
< i.shi.ka.ri na.be >
鮭魚鍋

●あんこう<ruby>鍋<rt>なべ</rt></ruby>
< a.n.ko.o na.be >
鮟鱇魚鍋

*註）正式名稱為「どじょう<ruby>鍋<rt>なべ</rt></ruby>」，但有些店家會使用俗名「どぜう<ruby>鍋<rt>なべ</rt></ruby>」（< do.ze.u na.be >）。

ぶたにく
豚肉 をもう一皿
ひとさら

ついか
追加します。

bu.ta ni.ku o mo.o hi.to.sa.ra tsu.i.ka.shi.ma.su

豬肉 再追加一盤。

突顯火鍋個
性的主角

なべ　しゅやく
鍋の主役
< na.be no shu.ya.ku >

火鍋的主角

要選用哪種火鍋，火鍋主角往往是主要的判斷材料，若吃不過癮還想加點，怎麼辦？有備無患，還是快把這些火鍋主角記起來吧。

把下面的美食，套進 □ 說說看！

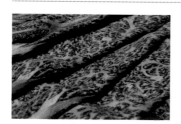

ぎゅうにく
牛肉
< gyu.u ni.ku >

牛肉

マトン
< ma.to.n >

羊肉

とりにく
鶏肉
< to.ri ni.ku >

雞肉

把下面的美食，套進☐說說看！

はまぐり
蛤 < ha.ma.gu.ri > 文蛤

どじょう < do.jo.o > 泥鰍

さけ
鮭
< sa.ke >

鮭魚

にくだん ご
肉団子
< ni.ku da.n.go >

肉丸

つみれ
< tsu.mi.re >

魚丸

かもにく
● **鴨肉** < ka.mo ni.ku > 鴨肉

えび
● **海老** < e.bi > 蝦子

● **ふぐ** < fu.gu > 河豚

たら
鱈
< ta.ra >

鱈魚

とうふ
豆腐 は体にいいです。

to.o.fu wa ka.ra.da ni i.i de.su

豆腐 對身體很好。

完美的火鍋也要有稱職的配角來相輝映

た ぐ
その他の具とつけだれ

< so.no.ta no gu to tsu.ke.da.re >

其他配料和沾醬

各式火鍋，雖各有特色，但也有共通的配料與沾醬，記起來，不管吃什麼鍋，要追加時都很方便。

把下面的美食，套進 □ 說說看！

しゅんぎく
春菊
< shu.n.gi.ku >
春菊

しいたけ
椎茸
< shi.i.ta.ke >
香菇

はくさい
白菜
< ha.ku.sa.i >
大白菜

把下面的美食，套進 ☐ 說說看！

春雨 （はるさめ） < ha.ru.sa.me > 冬粉

えのき茸 （たけ） < e.no.ki.ta.ke > 金針菇

白滝 （しらたき）
< shi.ra.ta.ki >
蒟蒻絲

水菜 （みず な）
< mi.zu.na >
水菜

ごまだれ
< go.ma da.re >
芝麻沾醬

● **鶉の卵** （うずら たまご） < u.zu.ra no ta.ma.go > 鵪鶉蛋

● **かまぼこ** < ka.ma.bo.ko > 魚板

● **生卵** （なまたまご） < na.ma ta.ma.go > 生蛋

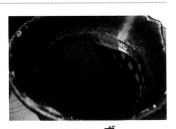

ポン酢 （ず）
< po.n.zu >
柚子醬油

客 ： 寄せ鍋を一人前ください。
kya.ku　yo.se.na.be o i.chi.ni.n.ma.e ku.da.sa.i

客人 ： 請給我什錦火鍋一人份。

店員 ： 大変申し訳ございませんが、
te.n.i.n　ta.i.he.n mo.o.shi.wa.ke.go.za.i.ma.se.n ga

寄せ鍋のご注文は二人前からです。
yo.se.na.be no go chu.u.mo.n wa ni.ni.n.ma.e ka.ra de.su

店員 ： 很對不起，什錦火鍋得從二人份點起。

客 ： それならいいです。
kya.ku　so.re na.ra i.i de.su

客人 ： 那麼就不要了。

店員 ： しゃぶしゃぶだと、一人前でも大丈夫ですが……。
te.n.i.n　sha.bu.sha.bu da to i.chi.ni.n.ma.e de.mo da.i.jo.o.bu de.su ga

店員 ： 涮涮鍋的話，一人份也可以……。

客 ： じゃ、それをください。
kya.ku　ja so.re o ku.da.sa.i

客人 ： 那麼，請給我那個。

美食好用單字盒

「～前」（< ma.e >）表示「～人份」，不過要特別注意的是「一人」（< hi.to.ri >；一個人）、「二人」（< fu.ta.ri >；二個人）接了「前」之後，就要唸成「一人前」、「二人前」，至於其他人數則唸法一致。此外，日本有很多火鍋料理是由二人份點起，請特別注意，除非您有大肚量，否則可是會一個人進了店卻吃不了呢。

平價好店大公開

駒形どぜう　浅草本店
（こまがた）（あさくさほんてん）

ko.ma.ga.ta do.ze.u a.sa.ku.sa ho.n.te.n

駒形泥鰍鍋　淺草本店

https://www.dozeu.com/asakusa/

🏠 東京都台東區駒形1-7-12

☎ 03-3842-4001

🚇 都營地下鐵淺草線淺草車站下A-1出口，徒步2分鐘
　　東京地下鐵銀座線淺草車站下，徒步5分鐘

😊 11：00～20：30（L.O.20：00）

　　創業於1801年的駒形泥鰍鍋，以提供正宗傳統江戶料理著名，除了該店招牌的泥鰍鍋，也有罕見的鯨魚料理，最適合喜愛冒險嚐鮮的朋友。有200多年歷史做保證，絕對不會讓您失望。本店的建築及陳設洋溢著濃郁的江戶氛圍，也非常值得專程造訪細細品味。

おすすめメニュー（推薦菜單）

なべ定食（ていしょく）		よんせんごひゃくえん 4 500円
na.be te.e.sho.ku		
泥鰍鍋定食		4500日圓
柳川なべ（やながわ）		さんぜんひゃくえん 3 100円
ya.na.ga.wa na.be		
泥鰍牛蒡鍋		3100日圓
くじら鍋（なべ）		さん ぜん えん 3 000円
ku.ji.ra na.be		
鯨魚鍋		3000日圓

人形町今半　新宿高島屋店

<ruby>人形町今半<rt>にんぎょうちょういまはん</rt></ruby>　<ruby>新宿高島<rt>しんじゅくたかしま</rt></ruby><ruby>屋<rt>や</rt></ruby><ruby>店<rt>てん</rt></ruby>

ni.n.gyo.o.cho.o i.ma.ha.n shi.n.ju.ku ta.ka.shi.ma.ya te.n

人形町今半　新宿高島屋店

https://restaurant.imahan.com/shinjuku-takashimaya/

🏠 東京都澀谷區千駄谷5-24-2新宿高島屋Times Square 14樓

☎ 03-5361-1871

🚃 JR新宿車站下，由新南口徒步1分鐘

😊 Lunch 11：00～15：00
Dinner 17：00～22：00（L.O.21：00）

在日本，說到牛肉火鍋，創業於明治28年的人形町今半，幾乎是無人不知無人不曉，不論是壽喜燒還是涮涮鍋，使用的牛肉都是日本國產的高級黑牛肉，頂級的滋味與服務，讓人回味無窮。各地分店詳細請參閱如下網址。

https://www.imahan.com

おすすめメニュー（推薦菜單）

<ruby>特上<rt>とくじょう</rt></ruby>しゃぶしゃぶ ————————— <ruby>九千二十円<rt>きゅうせんにじゅうえん</rt></ruby> **9020円**
to.ku.jo.o sha.bu.sha.bu

特上涮涮鍋 ———————————————— 9020日圓

<ruby>厳選今半<rt>げんせんいまはん</rt></ruby><ruby>御膳<rt>ごぜん</rt></ruby> ————————— <ruby>四千七十円<rt>よんせんななじゅうえん</rt></ruby> **4070円**
ge.n.se.n i.ma.ha.n go.ze.n

嚴選今半御膳 ——————————————— 4070日圓

<ruby>網焼<rt>あみやき</rt></ruby>ステーキ<ruby>御膳<rt>ごぜん</rt></ruby> ——————— <ruby>四千五百十円<rt>よんせんごひゃくじゅうえん</rt></ruby> **4510円**
a.mi.ya.ki su.te.e.ki go.ze.n

網烤牛排御膳 ——————————————— 4510日圓

しゃぶせん　横浜<ruby>横浜店<rt>よこはまてん</rt></ruby>

sha.bu.se.n yo.ko.ha.ma.te.n

涮專　橫濱店

https://www.zakuro.co.jp/shabusen/restaurant/yokohama/index.html

- 🏠 神奈川縣橫濱市西區南幸1-5-1相鐵JOINUS DINING B2
- ☎ 045-577-0270
- 🚉 JR橫濱車站下，西口方向徒步2分鐘
- 😊 Lunch 11：00～16：00
  Dinner 16：00～23：00（L.O.22：00）

　　涮專是創業於1971年的一人小火鍋專門店，目標是為了讓大家以輕鬆的價格享用高級涮涮鍋。除了平價的肉品，荷包深一點的朋友還可選擇A3、A5等級的高級牛肉，入口即化的油脂，搭配十幾種香料特製的芝麻沾醬或香橙醋，讓人回味無窮。除了招牌的涮涮鍋，也提供壽喜鍋，喜歡壽喜燒的朋友亦值得一試。其他分店請參考如下網址。

https://www.zakuro.co.jp/shabusen/

おすすめメニュー（推薦菜單）

<ruby>豚<rt>ぶた</rt></ruby>ロースセット ———————————— <ruby>１４３０円<rt>せんよんひゃくさんじゅうえん</rt></ruby>
bu.ta ro.o.su se.t.to
豬里肌肉套餐 ———————————————— 1430日圓

<ruby>国産牛<rt>こくさんぎゅう</rt></ruby>リブロースセット ——————— <ruby>２６４０円<rt>にせんろっぴゃくよんじゅうえん</rt></ruby>
ko.ku.sa.n.gyu.u ri.bu.ro.o.su se.t.to
國產牛肋眼套餐 ——————————————— 2640日圓

<ruby>黒毛<rt>くろげ</rt></ruby><ruby>和牛<rt>わぎゅう</rt></ruby>リブロースセット ——————— <ruby>３９６０円<rt>さんぜんきゅうひゃくろくじゅうえん</rt></ruby>
ku.ro.ge wa.gyu.u ri.bu.ro.o.su se.t.to
黑毛和牛肋眼套餐 —————————————— 3960日圓

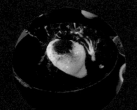

sa.shi.mi
te.e.sho.ku

さしみ ていしょく
刺身定食

ni.ku.ja.ga
te.e.sho.ku

なっとうていしょく
納豆定食

からあげていしょく
唐揚定食

ya.ki.ni.ku
te.e.sho.ku

su.bu.ta
te.e.sho.ku

す ぶたていしょく
酢豚定食

ka.ra.a.ge
te.e.sho.ku

ていしょく
定食

te.e.sho.ku 定食

定食可說是日本傳統和食的縮影與精簡版，其中也融合了現代飲食風格，如同我們的商業午餐或簡餐。既然叫做「定」食，當然有些基本的規定，例如一定要有主菜、白飯、湯（基本上是味噌湯）與醬瓜，最好是再附上一盤小菜，才叫定食，否則只能稱為「セット」（Ｓe.t.to），套餐了。

此外，定食的豪華版，含二樣以上的主菜，數種小菜，也就是我們在菜單上常看到的「～膳」（＜zen＞）或「～御膳」（＜go.ze.n＞）。定食因營養均衡，搭配合理，很適合赴日旅行或出差的朋友。

日替わり定食 には飲み物が付いています。

ひ が　　ていしょく

の　　もの　　つ

hi.ga.wa.ri te.e.sho.ku ni wa no.mi.mo.no ga tsu.i.te i.ma.su

毎日定食 附有飲料。

營養均衡有益
健康的定食

いろいろな定食

ていしょく

< i.ro.i.ro.na te.e.sho.ku >

各式各樣的定食

定食多以主菜來命名，有肉、有魚、有蔬菜，種類繁多，不怕沒得選。主菜美味固然重要，附菜的「小鉢」（< ko.ba.chi >；裝在小鉢裡的小菜）與「漬物」（< tsu.ke.mo.no >；醃製的蔬菜）也不容小覷，好吃的定食店，附菜也會讓人驚喜呢。

把下面的美食，套進□ 說說看！

カキフライ定食

ていしょく

< ka.ki.fu.ra.i te.e.sho.ku >

炸牡蠣定食

牛すき鍋定食

ぎゅう　　なべ ていしょく

< gyu.u.su.ki.na.be te.e.sho.ku >

牛肉壽喜鍋定食

ハンバーグ定食

ていしょく

< ha.n.ba.a.gu te.e.sho.ku >

漢堡肉排定食

把下面的美食，套進▢說說看！

刺身定食
さしみ ていしょく
< sa.shi.mi te.e.sho.ku > 生魚片定食

豚の生姜焼定食
ぶた　　しょう が やきていしょく
< bu.ta no sho.o.ga.ya.ki te.e.sho.ku >
薑汁豬肉定食

とんかつ定食
ていしょく
< to.n.ka.tsu te.e.sho.ku >
炸豬排定食

唐揚定食
からあげていしょく
< ka.ra.a.ge te.e.sho.ku >
炸雞定食

麻婆豆腐定食
マーボードウ フ ていしょく
< ma.a.bo.o.do.o.fu
te.e.sho.ku >
麻婆豆腐定食

焼肉定食
やきにくていしょく
< ya.ki.ni.ku te.e.sho.ku >
燒肉定食

酢豚定食
す ぶたていしょく
< su.bu.ta te.e.sho.ku >
咕咾肉定食

●**ラーメン定食**
ていしょく
< ra.a.me.n te.e.sho.ku >
拉麵定食

●**メンチカツ定食**
ていしょく
< me.n.chi.ka.tsu te.e.sho.ku >
炸肉餅定食

鰻定食 の栄養は とてもよさそうです。

（うなぎていしょく）（えいよう）

u.na.gi te.e.sho.ku no e.e.yo.o wa to.te.mo yo.sa.so.o de.su

鰻魚定食 的營養似乎很好。

把下面的美食，套進□□說說看！

焼き魚定食
（や）（ざかなていしょく）
< ya.ki.za.ka.na te.e.sho.ku > 烤魚定食

てんぷら定食
（ていしょく）
< te.n.pu.ra te.e.sho.ku > 天婦羅定食

- **チキンカツ定食**（ていしょく） < chi.ki.n.ka.tsu te.e.sho.ku > 炸雞排定食

- **納豆定食**（なっとうていしょく） < na.t.to.o te.e.sho.ku > 納豆定食

- **野菜炒め定食**（やさいいた）（ていしょく） < ya.sa.i i.ta.me te.e.sho.ku > 炒蔬菜定食

- **肉じゃが定食**（にく）（ていしょく） < ni.ku.ja.ga te.e.sho.ku > 馬鈴薯燉肉定食

餐廳好用會話 MP3-24

香奈 ： 最近便秘ぎみで、困っちゃうわ。
ka.na　　sa.i.ki.n be.n.pi gi.mi de ko.ma.c.cha.u wa

香奈 ： 最近有便祕傾向，真煩惱啊。

麻友 ： 野菜を多めに取らないとだめよ。
ma.yu　　ya.sa.i o o.o.me ni to.ra.na.i to da.me yo

麻友 ： 不多攝取一點蔬菜不行喔。

香奈 ： 何かおすすめの料理ある。
ka.na　　na.ni ka o.su.su.me no ryo.o.ri a.ru

香奈 ： 有什麼推薦的料理嗎？

麻友 ： 野菜定食はどう。
ma.yu　　ya.sa.i te.e.sho.ku wa do.o

麻友 ： 蔬菜定食如何？

美食好用單字盒

　　去掉イ形容詞的語尾「い」，加上接尾辭的「め」，則變成名詞，表示「稍微～一點」。在後面加上「に」可接動詞。例如文中的「多め」便是由「多い」演變而來。不想吃太辣的朋友，可說「わさび / 胡椒を少なめにしてください」（< wa.sa.bi / ko.sho.o o su.ku.na.me ni shi.te ku.da.sa.i >；芥末 / 胡椒請放少一點），喜歡吃辣的，那就是「多めにしてください」（< o.o.me ni shi.te ku.da.sa.i >；請放多一點）囉。

大戸屋　横浜ジョイナス店

おおとや　よこはま　てん

o.o.to.ya yo.ko.ha.ma jo.i.na.su te.n

大戶屋　橫濱JOINUS店

https://www.ootoya.com/store/
detail/002051.html

🏠 神奈川縣橫濱市西區南幸1-5-1相鐵JOINUS大樓B1

☎ 045-290-4280

🚃 JR橫濱車站下，往西口方向徒步2分鐘

🙂 11：00～23：00

　　配菜注重營養均衡，並堅持使用天然素材，連醬汁也是無著色、無添加，對食品安全、調理方式及安全管理非常嚴謹。如此用心，價格卻非常親切，讓您吃得健康又沒負擔。想品嚐日本家庭料理的朋友，大戶屋是很好的選擇。各地分店詳細請參閱如下網址。

http://www.ootoya.com/store/

おすすめメニュー（推薦菜單）

鶏と野菜の黒酢あん定食 --------------- ９８０円
とり　や　さい　くろ　ず　　　　　　ていしょく　　　　　　　　きゅうひゃくはちじゅうえん
to.ri to ya.sa.i no ku.ro.zu a.n te.e.sho.ku
雞肉蔬菜醋味定食 ------------------------ 980日圓

大戸屋ランチ定食 ------------------ ８９０円
おお　と　や　　　　　　ていしょく　　　　　　　　　　　　　　はっぴゃくきゅうじゅうえん
o.o.to.ya ra.n.chi te.e.sho.ku
大戶屋午餐定食 -------------------------- 890日圓

炭火焼きさば定食 ------------------ ９９０円
すみ　び　や　　　　　　ていしょく　　　　　　　　　　　　　　きゅうひゃくきゅうじゅうえん
su.mi.bi.ya.ki sa.ba te.e.sho.ku
炭烤青花魚定食 -------------------------- 990日圓

松屋 渋谷センター街店
ma.tsu.ya shi.bu.ya se.n.ta.a.ga.i te.n

松屋 澀谷中央街店

https://pkg.navitime.
co.jp/matsuyafoods/spot/
detail?code=0000000062

🏠 東京都澀谷區宇田川町26-9 Metro大樓1樓
☎ 080-5928-0437
🚌 JR澀谷站下，徒步2分鐘
🕐 星期一 4：00開店・星期二～六 24小時營業
　　星期天 ～凌晨1：00

　　用「便宜又大碗」來形容松屋的套餐定食最合適不過了，價格便宜，但物超所值，既安全又美味。特別推薦早餐定食，即使另加附菜，500日圓有找，來日本觀光的朋友，何不以松屋的營養早餐來迎接一天的開始呢？各地其他分店詳細請參閱如下網址。https://www.matsuyafoods.co.jp/matsuya/

おすすめメニュー（推薦菜單）

牛小鉢朝定食 ３８０円
gyu.u ko.ba.chi a.sa te.e.sho.ku
牛小鉢早餐定食 380日圓

豚汁朝定食 ４９０円
to.n.ji.ru a.sa te.e.sho.ku
豬肉湯早餐定食 490日圓

牛めしランチ ５５０円
gyu.u.me.shi ra.n.chi
牛肉飯午餐 550日圓

オクラ

柚子胡椒

na.no.ha.na

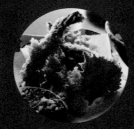

o.ku.ra

天つゆ

na.su

ハーブソルト

ししとう

te.n tsu.yu

てんぷら
te.n.pu.ra 天婦羅

天婦羅與壽司、壽喜燒並列國際最具知名度的三大日本料理，同時也是日本人生活中極為普遍的食物。不論是家庭料理、外面的定食，甚至高級料亭都可見到天婦羅的身影，或許大家會感到驚訝，天婦羅竟然是由葡萄牙傳教士在16世紀傳進日本的。最初以水產類為主，爾後「精進揚げ」（< sho.o.ji.n.a.ge >，炸蔬菜）也加入了天婦羅的行列而且越來越盛大。

　　除了蝦子、香菇、茄子等大家熟悉的材料，天婦羅也能配合季節使用當季的食材，若有機會，可不要錯過「蕗のとう」（< fu.ki.no.to.o >，蜂斗菜花）、「松茸」（< ma.tsu.ta.ke >，松茸）這些具有季節性的好滋味喔。

海老のてんぷらにします。

えび

e.bi no te.n.pu.ra ni shi.ma.su

我要 蝦子 的天婦羅。

裏上麵衣、美味不流失的酥香好滋味

主な食材

おも　しょくざい

< o.mo.na sho.ku.za.i >

主要的食材

　　日本的定食或會席套餐，甚至烏龍麵、蕎麥麵，都可看到天婦羅來搭檔，這個稱職的配角也可以是醒目的主角，有機會試試日本天婦羅的專賣店，相信會帶來不同的驚喜喔。

把下面的美食，套進□說說看！

ししとう
< shi.shi.to.o >

小甜椒

菜の花
な　はな
< na.no.ha.na >

油菜花

穴子
あな　ご
< a.na.go >

星鰻

把下面的美食，套進▢說說看！

たらの芽
< ta.ra no me > 遼東楤木芽

アスパラガス
< a.su.pa.ra.ga.su > 蘆筍

きす
< ki.su >
沙鮻

なす
< na.su >
茄子

大葉
< o.o.ba >
青紫蘇

● さつまいも　< sa.tsu.ma.i.mo > 地瓜

● れんこん　< re.n.ko.n > 蓮藕

● かぼちゃ　< ka.bo.cha > 南瓜

オクラ
< o.ku.ra >
秋葵

てんぷらは 抹茶塩（まっちゃじお）を つけてもいいです。

te.n.pu.ra wa ma.c.cha ji.o o tsu.ke.te mo i.i de.su

天婦羅也可以沾 抹茶鹽 。

不同的沾醬
不同的風味

大根（だいこん）おろし
< da.i.ko.n o.ro.shi >

白蘿蔔泥

　　摻有白蘿蔔泥的醬汁雖最為普遍，但也有下面的沾料，要不要換個口味試試看呢？

把下面的美食，套進 □ 說說看！

ハーブソルト
< ha.a.bu so.ru.to >

花草鹽

天（てん）つゆ
< te.n tsu.yu >

天婦羅醬汁

柚子胡椒（ゆずこしょう）
< yu.zu ko.sho.o >

柚子胡椒

餐廳好用會話 MP3-27

俊男：揚げたてのてんぷらはやっぱり違う。
to.shi.o　a.ge.ta.te no te.n.pu.ra wa ya.p.pa.ri chi.ga.u

さくさくでおいしい。
sa.ku.sa.ku de o.i.shi.i

俊男：剛炸好的天婦羅的確不一樣，酥脆美味。

- -

美子：そんなのは当たり前じゃん。
yo.shi.ko　so.n.na no wa a.ta.ri.ma.e ja.n

美子：那是理所當然囉。

- -

俊男：これからできたものを買わないで、ちゃんと作ろうね。
to.shi.o　ko.re.ka.ra de.ki.ta mo.no o ka.wa.na.i.de cha.n.to tsu.ku.ro.o ne

俊男：以後別買現成的，好好做哪。

- -

美子：調子乗るんじゃないよ。
yo.shi.ko　cho.o.shi no.ru n ja na.i yo

美子：可別得意忘形喔。

美食好用單字盒

「～たて」，前面要接動詞連用形，表示動作或作用剛完成不久。一頓頂級的早餐，麵包得「焼きたて」（< ya.ki ta.te >；剛烤好的）、牛奶最好也是「搾りたて」（< shi.bo.ri ta.te >；剛擠出來的），若雞蛋也能「産みたて」（< u.mi ta.te >；剛生出來）那就愈臻完美了。

天丼てんや　渋谷地下鉄ビル店

てんどん　　　　　　　しぶやちかてつ　　　てん

te.n.do.n.te.n.ya shi.bu.ya chi.ka.te.tsu bi.ru te.n

天丼天屋　澀谷地下鐵大樓店

https://www.tenya.co.jp/shop/tokyo/shibuya/shibuyachika.html

東京都澀谷區澀谷1-16-14地下鐵大樓

03-3486-3382

JR澀谷車站下，徒步5分鐘

平日10：30～22：00・星期六・日・假日11：00～21：00

　　以大眾化為取向，提供物美價廉的各式天婦羅與天婦羅蓋飯。現炸酥脆的天婦羅與獨家特調醬汁的完美搭配，令人回味無窮。各式天婦羅蓋飯只要外加200～300日圓，就可以更換成定食或烏龍麵、蕎麥麵套餐。預算不多，又想輕鬆享受道地天婦羅的朋友，此為首選。固定菜單之外，還有季節限定的特別料理，有機會的話，千萬不要錯過喔。其他分店詳細請參考如下網址。https://www.tenya.co.jp

おすすめメニュー（推薦菜單）

がんそ　　　　　　　　　　　てんどん 元祖オールスター天丼	きゅうひゃくろくじゅうえん ９６０円
ga.n.so o.o.ru.su.ta.a te.n.do.n	
元祖極品天婦羅蓋飯	960日圓

（蝦、花枝、舞菇、蓮藕、四季豆，附烏龍麵或蕎麥麵）

てん　　　　ていしょく 天ぷら定食	はっぴゃくはちじゅうえん ８８０円
te.n.pu.ra te.e.sho.ku	
天婦羅定食	880日圓

（蝦、蓮藕、南瓜、四季豆，附味噌湯）

てんどん 天丼	ごひゃくろくじゅうえん ５６０円
te.n.do.n	
天丼	560日圓

（蝦、花枝、南瓜、四季豆、沙鯦）

新宿つな八　池袋店
しんじゅく　はち　いけぶくろてん

shi.n.ju.ku tsu.na.ha.chi i.ke.bu.ku.ro te.n

新宿綱八　池袋店

https://tunahachi.co.jp/store/11.html

東京都豐島區池袋1-11-1 LUMINE 8樓

03-5954-8274

JR池袋車站下，由Metropolitan出口徒步1分鐘

11：00～22：00（L.O.21：00）

　　使用產地直送魚類，視當日漁獲狀況，菜單內容會隨著變動，運氣好的話，可品嚐到難得一見的珍貴海味。因使用高級純太白麻油，炸出來的天婦羅香味絕佳，口感也十分酥脆。有方便的套餐，也可隨自己的喜好單點，共30家分店，皆離車站不遠，很方便前往，詳細請參考如下網址。https://tunahachi.co.jp

おすすめメニュー（推薦菜單）

天麩羅膳 ———————————————— ２７５０円
てんぷらぜん　　　　　　　　　　　　　　　　　　　　　にせんななひゃくごじゅうえん

te.n.pu.ra.ze.n

天婦羅膳 ———————————————— 2750日圓

（主菜含炸蝦、當日魚類、蔬菜、星鰻、小蝦什錦炸，並附小菜、白飯、味噌湯與醬瓜）

つな八天丼 ———————————————— １９８０円
はちてんどん　　　　　　　　　　　　　　　　　　　　せんきゅうひゃくはちじゅうえん

tsu.na.ha.chi te.n.do.n

綱八天丼 ———————————————— 1980日圓

（含蝦、白肉魚、二種蔬菜、星鰻、什錦炸，並附沙拉、味噌湯與醬菜）

昼膳 ———————————————— １６５０円
ひるぜん　　　　　　　　　　　　　　　　　　　　　せんろっぴゃくごじゅうえん

hi.ru.ze.n

午膳 ———————————————— 1650日圓

（含炸蝦、白肉魚、南瓜、青椒、小蝦什錦炸，並附白飯、味噌湯與醬瓜）

te.n do.n

ぶたどん
豚丼

te.k.ka do.n

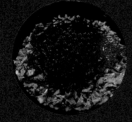

u.na do.n

gyu.u do.n

た にんどん
他人丼

ひつまぶし

おや こ どん
親子丼

かまくらどん
鎌倉丼

どんもの
丼物

do.n.mo.no 蓋飯

蓋飯原是為了讓忙碌的人能在短時間內吃完運用醬的料理，所以吃蓋飯時不必太講究，只要大口大口扒進嘴裡即可。舉凡日本最早出現的鰻魚蓋飯、到海鮮蓋飯、親子蓋飯、炸豬排蓋飯、甚至中野流的牛丼蓋飯，相信大家早已耳熟能詳，也都品嚐過這平價校長的美味，所以說蓋飯是「B級グルメ」（ㄅ bi.i.kyu.u gu.ru.me ＞；平價美食）的代表，一點也不為過。

除了上述常見的蓋飯，日本還有許多知名店不高但風味絕佳、以及異國風味的蓋飯，多得選擇，最適合老饕子、又挑嘴的朋友。

カツ丼 の値段はあまり高くないです。

ka.tsu do.n no ne.da.n wa a.ma.ri ta.ka.ku.na.i de.su

炸豬排蓋飯 的價格不會很貴。

米飯與菜餚的超高效率結合體

安くて速い丼物
< ya.su.ku.te ha.ya.i do.n.mo.no >
便宜又快速的蓋飯

蓋飯不僅「便宜又大碗」，也不需要浪費太多時間去等待，難怪忙碌的日本上班族，常會選擇蓋飯來作午餐呢。

把下面的美食，套進 □ 說說看！

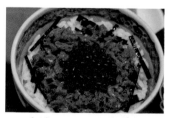

鮭いくら丼
< sa.ke i.ku.ra do.n >
鮭魚親子蓋飯

焼肉丼
< ya.ki.ni.ku do.n >
燒肉蓋飯

牛丼
< gyu.u do.n >
牛肉蓋飯

把下面的美食，套進□說說看！

鰻丼 <u.na do.n> 鰻魚蓋飯

親子丼 <o.ya.ko do.n>
親子蓋飯 （雞肉雞蛋蓋飯）

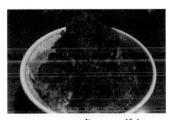

かき揚げ丼
<ka.ki.a.ge do.n>
炸什錦蓋飯

中華丼
<chu.u.ka do.n>
中華燴飯

ひつまぶし
<hi.tsu.ma.bu.shi>
鰻魚三吃蓋飯

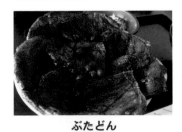

●**天丼**
<te.n do.n>
天婦羅蓋飯

豚丼
<bu.ta do.n>
豬肉蓋飯

海鮮丼
<ka.i.se.n do.n>
海鮮蓋飯

●**鉄火丼**
<te.k.ka do.n>
鮪魚蓋飯

江ノ島丼 のおいしい店を

紹介してください。

e.no.shi.ma do.n no o.i.shi.i mi.se o sho.o.ka.i.shi.te ku.da.sa.i

請介紹我 螺肉雞蛋蓋飯 好吃的店。

猜猜看這是
什麼蓋飯

変り丼
< ka.wa.ri do.n >

另類蓋飯

下面的蓋飯名稱多與歷史淵源或創始地有關，乍看之下很難想像是什麼美味，那麼還是快來揭曉謎底吧。

把下面的美食，套進 □ 說說看！

他人丼
< ta.ni.n do.n >

牛肉或豬肉雞蛋蓋飯

鎌倉丼
< ka.ma.ku.ra do.n >

炸蝦雞蛋蓋飯

台湾風豚丼
< ta.i.wa.n.fu.u bu.ta do.n >

台灣味魯肉飯

把下面的美食，套進 □ 說說看！

開化丼
（かいかどん）
< ka.i.ka do.n > 牛肉雞蛋蓋飯*

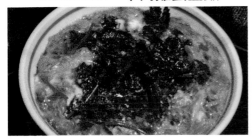

木の葉丼
（このはどん）
< ko.no.ha do.n > 魚板雞蛋蓋飯

ロコモコ
< ro.ko.mo.ko >
夏威夷蓋飯

バタ丼
（どん）
< ba.ta do.n >
奶油炒豆腐蓋飯

衣笠丼
（きぬがさどん）
< ki.nu.ga.sa do.n >
油豆腐雞蛋蓋飯

● **天津飯**（てんしんはん）< te.n.shi.n ha.n > 天津蟹肉芙蓉飯

● **深川丼**（ふかがわどん）< fu.ka.ga.wa do.n > 海瓜子蓋飯

● **若竹丼**（わかたけどん）< wa.ka.ta.ke do.n > 竹筍雞蛋蓋飯

山掛け丼（やまかどん）
< ya.ma.ka.ke do.n >
鮪魚山藥蓋飯

*註）「開化丼」（かいかどん）在關西等地區則多稱為「他人丼」（たにんどん），由於使用雞肉和雞蛋的蓋飯叫「親子丼」（おやこどん），而牛肉和雞蛋無關，故稱為他人丼。除了牛肉，也常使用豬肉。

餐廳好用會話 MP3-30

私 ： すみません、ここの丼物はテイクアウトできますか。
wa.ta.shi su.mi.ma.se.n ko.ko no do.n.mo.no wa te.e.ku a.u.to de.ki.ma.su ka

我 ： 請問一下，這裡的蓋飯可以外帶嗎？

店員 ： 生もの以外の丼物なら、すぐ用意できますが……。
te.n.i.n na.ma.mo.no i.ga.i no do.n.mo.no na.ra su.gu yo.o.i de.ki.ma.su ga

店員 ： 如果是生食以外的蓋飯，可以馬上準備……。

私 ： それなら、鰻丼を3つ、持ち帰りで。
wa.ta.shi so.re.na.ra u.na do.n o mi.t.tsu mo.chi.ka.e.ri de

我 ： 那麼，鰻魚蓋飯三個，帶走。

店員 ： 鰻丼3つですね、かしこまりました。
te.n.i.n u.na do.n mi.t.tsu de.su ne ka.shi.ko.ma.ri.ma.shi.ta

少々お待ちくださいませ。
sho.o.sho.o o ma.chi ku.da.sa.i.ma.se

店員 ： 鰻魚蓋飯三個是吧，了解。

請稍待一會兒。

美食好用單字盒

「テイクアウト」（< te.e.ku a.u.to >；外帶）、「イートイン」（< i.i.to i.n >；內用）是日本飲食店常用的字眼，特別是在速食店，店員一定會問您：「店内でお召し上がりでしょうか」（< te.n.na.i de o me.shi.a.ga.ri de.sho.o ka >；請問在店裡用嗎），如果您想外帶的話可說「いいえ、持ち帰りです」（< i.i.e mo.chi.ka.e.ri de.su >；不，帶走），內用的話，回答「はい、そうです」（< ha.i so.o de.su >；是的）即可。

みなとや食品本店
しょくひんほんてん

mi.na.to.ya sho.ku.hi.n ho.n.te.n

港屋食品本店

https://tabelog.com/tokyo/A1311/
A131101/13018461/

- 東京都台東區上野4-1-9（上野阿美横）
- 03-3831-4350
- JR御徒町站徒步5分鐘
- 11：00～19：00（1月1日～2日休）

　　您相信1枚500日圓硬幣，就能享受到新鮮又美味的海鮮蓋飯嗎？坐落於東京熱門觀光景點「上野阿美横」上的「港屋」，店口掛有相片黏貼而成的大型菜單，非常醒目，不怕您找不到，菜單有羅馬拼音，也不必擔心唸不出來。阿美横上離本店不遠處亦有2號店，人潮較少，較不需要等待。菜單豐富、配料新鮮，不在意用餐環境的朋友，有一試的價值。

おすすめメニュー（推薦菜單）

うに海鮮丼 かいせんどん	せんひゃくえん 1 1 0 0 円
u.ni ka.i.se.n do.n	
海膽海鮮蓋飯	1100日圓
ホタテマグロ丼 どん	ろっぴゃくえん 6 0 0 円
ho.ta.te ma.gu.ro do.n	
扇貝鮪魚蓋飯	600日圓
ネギトロいくら丼 どん	ななひゃくえん 7 0 0 円
ne.gi.to.ro i.ku.ra do.n	
蔥花鮪魚鮭魚子蓋飯	700日圓

うな匠　ヨドバシ秋葉原店

うな匠（しょう）　ヨドバシ（あきはばらてん）秋葉原店

u.na.sho.o yo.do.ba.shi a.ki.ha.ba.ra te.n

鰻匠　友都八喜秋葉原店

https://www.jgroup.jp/business/jproject/shop/13

🏠 東京都千代田區神田花岡町1-1 友都八喜AKIBA 8樓

☎ 03-3526-8855

🚇 JR、地下鐵秋葉原車站下，徒步1分鐘

🙂 11：00～23：00（L.O.22：00）

　　蓋飯的鰻魚無事先蒸過，只以備長炭精心烤製，可去除多餘油脂，使風味濃郁卻不油膩。特推鰻匠招牌的「鰻魚蓋飯三吃」，第一，先吃原味，第二放進香料，最後再放進高湯可享受茶泡飯式的鰻魚滋味。其他還有多種鰻魚的創作料理，值得您細細品嚐。

おすすめメニュー（推薦菜單）

ひつまぶし	さんぜんさんびゃくえん 3 3 0 0 円
hi.tsu.ma.bu.shi	
鰻魚三吃蓋飯	3300日圓
うな重（特上） じゅう とくじょう	よんせんさんびゃくえん 4 3 0 0 円
u.na.ju.u to.ku.jo.o	
鰻魚蓋飯（特級）	4300日圓
うまき	きゅうひゃくえん 9 0 0 円
u ma.ki	
鰻魚蛋捲	900日圓

<ruby>銀<rt>ぎん</rt>座<rt>ざ</rt>天<rt>てん</rt>国<rt>くに</rt></ruby> <ruby>本<rt>ほん</rt>店<rt>てん</rt></ruby>

銀座天国　本店

gi.n.za te.n.ku.ni ho.n.te.n

銀座天國　本店

https://www.tenkuni.com

東京都中央區銀座8-11-3

03-3571-1092

JR新橋車站下，徒步5分鐘；地下鐵銀座車站下，徒步8分鐘

11：30～22：00（L.O.21：00）

　　銀座天國創業已有130年歷史，所提供的江戶前天婦羅蓋飯，可說是結合天婦羅、醬汁、米飯的完美絕品。特別是該店獨具用心的蓋飯醬汁，因始終保持一定的溫度，風味穩定、濃郁而不甜膩。這完美的結合，您能抗拒嗎？

おすすめメニュー（推薦菜單）

お<ruby>昼<rt>ひる</rt>天<rt>てん</rt>丼<rt>どん</rt></ruby>（<ruby>海老<rt>えび</rt></ruby>、きす、いかかき<ruby>揚<rt>あ</rt>げ</ruby>）<ruby>赤<rt>あか</rt></ruby>だし、<ruby>香<rt>こう</rt>の<ruby>物<rt>もの</rt>付<rt>つき</rt></ruby></ruby> ———— <ruby>1500<rt>せんごひゃくえん</rt>円</ruby>
o hi.ru te.n do.n e.bi ki.su i.ka ka.ki.a.ge a.ka.da.shi ko.o no mo.no tsu.ki
午餐天婦羅蓋飯（蝦、沙鮻、花枝炸什錦）附紅味噌湯、醃製的蔬菜 ——— 1500日圓

<ruby>A<rt>エー</rt>丼<rt>どん</rt></ruby>（<ruby>海老<rt>えび</rt></ruby>、きす、いかかき<ruby>揚<rt>あ</rt>げ</ruby>、なす、はす）<ruby>赤<rt>あか</rt></ruby>だし、<ruby>香<rt>こう</rt>の<ruby>物<rt>もの</rt>付<rt>つき</rt></ruby></ruby> ——
e.e do.n e.bi ki.su i.ka ka.ki.a.ge na.su ha.su a.ka.da.shi ko.o no mo.no tsu.ki
——————————————————————— <ruby>１９８０<rt>せんきゅうひゃくはちじゅうえん</rt>円</ruby>

A天婦羅蓋飯（蝦、沙鮻、花枝炸什錦、茄子、蓮藕）附紅味噌湯、醃製的蔬菜 ———
——————————————————————— 1980日圓

かき<ruby>揚<rt>あ</rt>げ<ruby>丼<rt>どん</rt></ruby></ruby>（<ruby>海老<rt>えび</rt></ruby>、<ruby>貝柱<rt>かいばしら</rt></ruby>）<ruby>赤<rt>あか</rt></ruby>だし、<ruby>香<rt>こう</rt>の<ruby>物<rt>もの</rt>付<rt>つき</rt></ruby></ruby> —————— <ruby>３９６０<rt>さんぜんきゅうひゃくろくじゅうえん</rt>円</ruby>
ka.ki.a.ge do.n e.bi ka.i.ba.shi.ra a.ka.da.shi ko.o no mo.no tsu.ki
炸什錦天婦羅蓋飯（蝦、干貝）附紅味噌湯、醃製的蔬菜 ———— 3960日圓

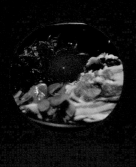

カレー豚（ぶた）

u.me

ソース

チーズ餅（もち）

me.n.ta.i.ko

五目（ごもく）

鰹節（かつおぶし）

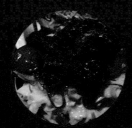

so.ba

go.mo.ku

お好み焼・もんじゃ焼

o.ko.no.mi ya.ki mo.n.ja ya.ki

什錦燒・文字燒

この店の人気メニューは

<ruby>みせ<rt></rt></ruby> <ruby>にんき<rt></rt></ruby>

かいせんたま
海鮮玉 です。

ko.no mi.se no ni.n.ki me.nyu.u wa ka.i.se.n ta.ma de.su

這家店的人氣菜單是 海鮮加蛋什錦燒 。

鬆軟多重口感的什錦燒

<ruby>この<rt></rt></ruby> <ruby>やき<rt></rt></ruby>
お好み焼
< o.ko.no.mi ya.ki >

什錦燒

什錦燒的配料沒有特別的限制，只要是您喜歡的都可以放進去。至於菜單常見的「〜玉」（< ta.ma >），也就是蛋，是什錦燒不可或缺的材料，不但能使所有的配料充分結合在一起，也能更添風味。

把下面的美食，套進□說說看！

<ruby>ぶたたま<rt></rt></ruby>
豚玉
< bu.ta ta.ma >

豬肉加蛋

<ruby>なま たま<rt></rt></ruby>
生えび玉
< na.ma e.bi ta.ma >

生蝦加蛋

<ruby>いか たま<rt></rt></ruby>
●烏賊玉
< i.ka ta.ma >

花枝加蛋

把下面的美食，套進 □ 說說看！

チーズ玉（たま）
< chi.i.zu ta.ma >

起士加蛋

納豆葱玉（なっとうねぎたま）
< na.t.to.o ne.gi ta.ma >

納豆香蔥加蛋

豚（ぶた）キムチ
< bu.ta ki.mu.chi >

豬肉泡菜

牛（ぎゅう）すじ玉（たま）
< gyu.u.su.ji ta.ma >

牛筋加蛋

野菜玉（や さいたま）
< ya.sa.i ta.ma >

蔬菜加蛋

モダン焼（やき）
< mo.da.n ya.ki >

加麵什錦燒

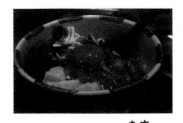

ミックス玉（たま）
< mi.k.ku.su ta.ma >

綜合加蛋

たこ玉（たま）
< ta.ko ta.ma >

章魚加蛋

スペシャル玉（たま）
< su.pe.sha.ru ta.ma >

豪華特製加蛋

ここの コンビーフ もんじゃは
とても有名です。

ko.ko no ko.n.bi.i.fu mo.n.ja wa to.te.mo yu.u.me.e de.su

這裡的 鹹牛肉 文字燒非常有名。

黏稠焦香雙重口感的文字燒

もんじゃ焼
< mo.n.ja ya.ki >

文字燒

　　文字燒的製作方式和什錦燒大有不同，得先把材料舀出來炒過，然後圍成一個中空的圓圈，再把碗裡剩餘的湯汁倒進圓圈裡，待滾後才能與材料充分混和。沒自信的朋友，也可請店員代勞喔。

把下面的美食，套進 □ 說說看！

五目
< go.mo.ku >

什錦

明太子
< me.n.ta.i.ko >

明太子

●カレー豚
< ka.re.e bu.ta >

咖哩豬肉

●梅 <うめ> < u.me > 梅子

●チーズ餅 <もち> < chi.i.zu mo.chi >
起士年糕

そば < so.ba > 麵

別忘了還有這些 MP3-33

不論是什錦燒還是文字燒，都少不了某些佐料來增添風味，讓我們來認識一下有什麼佐料吧。

鰹節 <かつおぶし>
< ka.tsu.o.bu.shi >
柴魚片

青のり <あお>
< a.o no.ri >
青海苔粉

ソース
< so.o.su >
醬

切り烏賊 <き> <いか>
< ki.ri.i.ka >
魷魚絲

ベビースター
< be.bi.i.su.ta.a >
點心麵

マヨネーズ
< ma.yo.ne.e.zu >
美奶滋

客 : すみません、注文してもいいですか。
（きゃく）（ちゅうもん）
kya.ku su.mi.ma.se.n chu.u.mo.n.shi.te mo i.i.de.su ka

客人 : 對不起，我可以點菜了嗎？

店員 : はい、どうぞ。
（てんいん）
te.n.i.n ha.i do.o.zo

店員 : 可以，請點。

客 : 昔もんじゃ1つと抹茶アイス1つ。
（きゃく）（むかし）（ひと）（まっちゃ）（ひと）
kya.ku mu.ka.shi mo.n.ja hi.to.tsu to ma.c.cha a.i.su hi.to.tsu

客人 : 古早味文字燒一份和抹茶冰淇淋一份。

店員 : かしこまりました。抹茶アイスは食後でよろしいですか。
（てんいん）（まっちゃ）（しょくご）
te.n.i.n ka.shi.ko.ma.ri.ma.shi.ta ma.c.cha a.i.su wa sho.ku.go de yo.ro.shi.i de.su ka

店員 : 了解。
抹茶冰淇淋餐後送好嗎？

客 : いっしょでお願いします。
（きゃく）（ねが）
kya.ku i.s.sho de o ne.ga.i shi.ma.su

客人 : 請一起送。

美食好用單字盒

　　「すみません」（< su.mi.ma.se.n >；對不起）除了對不起之外，在不同的狀況也有不同的語意。例如店員替您倒水時，一般多以「すみません」，來取代「ありがとう」（< a.ri.ga.to.o >；謝謝），雖直譯為「謝謝」，但有「對不起，麻煩您了」的含意。叫店員或問路時，「すみません」也很好用，有「失禮了，打擾一下」的意思。

平價好店大公開

つるはしふうげつ　　だいばてん
鶴橋風月　お台場店

tsu.ru.ha.shi fu.u.ge.tsu o da.i.ba te.n

鶴橋風月　台場店

https://fugetsu/?shop=p112

📍 東京都港區台場1-7-1 AQUACITY台場6樓

☎ 03-3599-5185

🚌 百合海鷗線台場車站下，徒步1分鐘

😊 平日11：00～15：00（L.O.14：30）・17：00～22：00（L.O.21：00）
　　星期六・日・假日11：00～22：00（L.O.21：00）

　　創業70餘年的鶴橋風月，一直是關西地區數一數二享有超高人氣的老字號。除了料好實在、菜單豐富，鶴橋風月為使顧客享受專業的滋味，有別於一般的大阪燒店，堅持由專業人員代為調理。各地分店詳細請參閱如下網址。

https://fugetsu

おすすめメニュー（推薦菜單）

ぎゅうすじ　つきみたま
牛筋ねぎ月見玉 ———————————————————— せんごひゃくはちじゅうえん
gyu.u.su.ji ne.gi tsu.ki.mi ta.ma　　　　　　　　　　　　　　　　　　　　　１５８０円
牛筋香蔥加蛋（熬煮多時的牛筋與青蔥） ———————— 1580日圓

ふうげつやき
風月焼 ———————————————————————— せんろっぴゃくごじゅうえん
fu.u.ge.tsu ya.ki　　　　　　　　　　　　　　　　　　　　　　　　　　　　１６５０円
風月燒 ———————————————————————————— 1650日圓

やき
とんぺい焼 ————————————————————————— ななひゃくさんじゅうえん
to.n.pe.e.ya.ki　　　　　　　　　　　　　　　　　　　　　　　　　　　　　７３０円
豚平燒（豬肉香蔥蛋捲） ——————————————————— 730日圓

ぼてぢゅう　渋谷店[しぶ や てん]

bo.te.ju.u shi.bu.ya te.n

Botejyu　澀谷店

https://botejyu.co.jp/?view=shop_
detail&link=tokyo_shibuya-miyamasu

🏠 東京都澀谷區澀谷1-12-9 宮益坂澀谷郵局旁
☎ 03-3407-8636
🚌 JR澀谷車站下，徒步3分鐘
😊 11：00～23：00（L.O.22：00）

迄今已有70多年歷史的「Botejyu」除了是口碑甚佳的大阪燒老店，也是最早把美奶滋使用於大阪燒的始祖。店名來自煎大阪燒時，將煎餅翻面的「ぼて」擬態語，和翻面後煎餅在鐵板上吱吱作響的擬聲語「ぢゅう」，這也幾乎成了大阪燒的代名詞，可見人氣之旺。各地分店詳細請參閱如下網址。

https://botejyu.co.jp

おすすめメニュー（推薦菜單）

豚玉[ぶたたま]	9　3 5円[きゅうひゃくさんじゅうごえん]
bu.ta.ta.ma	
豬肉加蛋	935日圓
デラックス玉[たま]	1 8 1 5円[せんはっぴゃくじゅうごえん]
de.ra.k.ku.su ta.ma	
豪華大阪燒	1815日圓
明太子[めんたい]餅[こ もち]チーズ玉[たま]	1 1 5 5円[せんひゃくごじゅうごえん]
me.n.ta.i.ko mo.chi chi.i.zu ta.ma	
明太子年糕起司加蛋	1155日圓

風流もんじゃ・お好み焼き　惣太郎　鎌倉小町店
ふうりゅう　このみやき　ほれたろう　かまくらこまちてん
fu.u.ryu.u mo.n.ja o.ko.no.mi ya.ki ho.re.ta.ro.o ka.ma.ku.ra ko.ma.chi te.n

風流文字燒・大阪燒　惣太郎　鎌倉小町店

https://www.horetaro.com/kamakura/

- 🏠 神奈川縣鎌倉市小町2-7-34
- ☎ 0467-23-8622
- 🚃 JR橫須賀線鎌倉車站下，由東口徒步4分鐘
- 😊 11：00～22：00（L.O.20：50）

　　這是日本罕見的吃到飽文字燒、大阪燒專門店，雖為吃到飽，品質口味絕不劣於一般的單點。最令人驚訝的是菜單內容豐富，有49種文字燒、57種大阪燒、23種炒麵可供選擇。菜單如此豐富，價格卻非常親切，並有各種吃到飽和喝到飽搭配，有機會前往鎌倉等湘南地區的朋友，千萬不要錯過。其他分店詳細請參閱如下網址。

　　http://horetaro.com

おすすめメニュー（推薦菜單）

ソフトドリンクコース（食べ放題＋飲み放題） ———————— 2200円
（にせんにひゃくえん）
so.fu.to do.ri.n.ku ko.o.su ta.be.ho.o.da.i no.mi.ho.o.da.i
無酒精飲料套餐（吃到飽＋喝到飽） ———————————————— 2200日圓

アルコールコース（食べ放題＋飲み放題） 3300円
（さんぜんさんびゃくえん）
a.ru.ko.o.ru ko.o.su ta.be.ho.o.da.i no.mi.ho.o.da.i
酒類飲料套餐（吃到飽＋喝到飽） ———————————————— 3300日圓

食べ放題のみ ——————————————————————— 1650円
（せんろっぴゃくごじゅうえん）
ta.be.ho.o.da.i no.mi
僅吃到飽 ————————————————————————————— 1650日圓

ようしょく
洋食

yo.o.sho.ku　洋食

うちはよく ハヤシライス を 食べます。

u.chi wa yo.ku ha.ya.shi.ra.i.su o ta.be.ma.su

我家常吃 日式牛肉燴飯 。

ようしょく
洋食
< yo.o.sho.ku >

洋食

> 昔日的高級料理，今日普羅大眾的美味

已滲透每個家庭的洋食，在往昔對日本一般民眾而言是種奢華的享受，若有機會品嚐，都會盛裝以赴，很難想像吧。

把下面的美食，套進 □ 說說看！

グラタン
< gu.ra.ta.n >

奶油焗烤

エビフライ
< e.bi fu.ra.i >

炸蝦

ポークカツレツ
< po.o.ku ka.tsu.re.tsu >

炸豬排

把下面的美食，套進☐說說看！

カキフライ
< ka.ki fu.ra.i > 日式炸牡蠣

カレーライス
< ka.re.e ra.i.su > 咖哩飯

ハムカツ
< ha.mu ka.tsu >
日式炸火腿

オムライス
< o.mu.ra.i.su >
蛋包飯

**ナポリタン
スパゲッティ**
< na.po.ri.ta.n su.pa.ge.t.ti >
番茄醬義大利麵

ドリア
< do.ri.a >
奶油焗飯

コロッケ
< ko.ro.k.ke >
可樂餅

●**オムレツ**
< o.mu.re.tsu >
蛋包

●**チキン南蛮**
< chi.ki.n na.n.ba.n >
日式糖醋炸雞

103

こんや
今夜のメインディッシュ
は ポークソテー です。

ko.n.ya no me.i.n di.s.shu wa po.o.ku so.te.e de.su

今晚的主菜是 煎豬排。

加了和式風味的洋食

わふう ようしょく
和風の洋食
< wa.fu.u no yo.o.sho.ku >

和風的洋食

　　西式牛排、豬排大餐也可以很和風，以醬油為底或白蘿蔔泥柚子醋的醬汁、用米飯代替麵包，甚至牛排蓋飯，都是穿上和服的洋式美食呢。

把下面的美食，套進 □ 說說看！

クリームシチュー
< ku.ri.i.mu shi.chu.u >

奶油濃湯

ステーキ
< su.te.e.ki >

牛排

ローストビーフ
< ro.o.su.to bi.i.fu >

烤牛肉

餐廳好用會話 MP3-37

美代子 (み.よ.こ)：このローストビーフは最高 (さい.こう) においしいわ。
mi.yo.ko　ko.no ro.o.su.to bi.i.fu wa sa.i.ko.o ni o.i.shi.i wa

美代子　：這烤牛肉超美味的。

- -

康夫 (やす.お)：気に入ってくれて良かったよ。(き.い.よ)
ya.su.o　ki ni i.t.te ku.re.te yo.ka.t.ta yo

ほかにデザートでも頼もうか。(たの)
ho.ka.ni de.za.a.to de.mo ta.no.mo.o ka

ここのフルーツパフェはなかなかの評判だよ。(ひょうばん)
ko.ko no fu.ru.u.tsu pa.fe wa na.ka.na.ka no hyo.o.ba.n da yo

康夫　：很高興妳喜歡。

要不要點些其他點心之類的。

這裡的水果聖代口碑相當不錯喔。

- -

美代子 (み.よ.こ)：満腹 (まん.ぷく) だから、もういいわ。
mi.yo.ko　ma.n.pu.ku da.ka.ra mo.o i.i wa

美代子　：因為很撐了，不用了。

美食好用單字盒

「いい」有「好的」、「不用了」這二種正好相反的意義。至於是哪個意思，要以前後的句子來判斷。美代子肚子很撐了，所以可斷定文中的「いい」是「不用了」的意思。若餐廳侍者問您咖啡要不要「お代り」(かわ)（< o.ka.wa.ri >；續杯），您也喝夠了的話，就可回答「いいです」（< i.i de.su >），語意較「いりません」（< i.ri.ma.se.n >；不需要）委婉。若想續杯，回答侍者「お願いします」(ねが)（< o ne.ga.i shi.ma.su >；麻煩您）為佳，因為比較不易混淆。

平價好店大公開

資生堂パーラー　横浜そごう店
shi.se.e.do.o pa.a.ra.a　yo.ko.ha.ma so.go.o te.n
資生堂PARLOUR　横濱SOGO店

http://parlour.shiseido.co.jp/shoplist/yokohamasogo/

- 横濱市西區高島2-18-1 橫濱SOGO百貨2樓
- 045-465-5733
- JR橫濱車站下，往東口方向徒步5分鐘
- 10：00～20：00（L.O.19：15）

　　1928年開設於銀座的資生堂PARLOUR可說是日本洋食的先驅，同時也是銀座的象徵，在這裡既可享受到歷久不衰的傳統洋食，也能品嚐融合新時代氣息的創新滋味，橫濱SOGO店因面海，坐擁橫濱港灣海灣大橋的美麗景緻，值得一訪。銀座本店與其他分店請參閱如下網址。https://parlour.shiseido.co.jp/shoplist/

おすすめメニュー（推薦菜單）

ミートクロケット ———————————————— ２２２０円
mi.i.to ku.ro.ke.t.to
絞肉可樂餅 ————————————————————— 2220日圓

オムライス ——————————————————— ２４６０円
o.mu.ra.i.su
蛋包飯 —————————————————————— 2460日圓

シュリンプフライサンドイッチ単品 ——————— １６５０円
shu.ri.n.pu fu.ra.i sa.n.do.i.c.chi ta.n.pi.n
炸蝦三明治單點 ——————————————————— 1650日圓

グリル満天星　丸ビル店
<ruby>満天星<rt>まんてんぼし</rt></ruby>　<ruby>丸<rt>まる</rt></ruby>　<ruby>店<rt>てん</rt></ruby>

gu.ri.ru ma.n.te.n.bo.shi ma.ru.bi.ru te.n

燒烤滿天星　丸大樓店

http://www.manten-boshi.com

🏠 東京都千代田區丸之內2-4-1 丸大樓5樓

☎ 03-5288-7070

🚌 JR東京車站下，由丸之內口徒步2分鐘
　　地下鐵丸之內線東京車站下，徒步1分鐘

😊 平日11：00～15：30（L.O.13：30）・
　　17：30～23：00（L.O.21：00）
　　星期六・日・假日11：00～22：00（L.O.20：00）

　　燒烤滿天星口碑滋味俱佳，不用擔心只是來這裡吃傳說。提供的料理皆為廚師親手製作，無使用加工或半成品，也因此需要耐心等候，但絕對有等待的價值。 特推深獲顧客好評的蛋包飯與經過一星期長時間熬煮的多明格拉斯醬汁，這人間極致美味，不試怎行。其他分店請參考如上網址。

おすすめメニュー（推薦菜單）

<ruby>名物<rt>めいぶつ</rt></ruby>オムレツライス ———————————————————— <ruby>１８００円<rt>せんはっぴゃくえん</rt></ruby>
me.e.bu.tsu o.mu.re.tsu ra.i.su
招牌蛋包飯 ——————————————————————————— 1800日圓

ハヤシライス ————————————————————————— <ruby>１８７０円<rt>せんはっぴゃくななじゅうえん</rt></ruby>
ha.ya.shi.ra.i.su
日式牛肉燴飯 —————————————————————————— 1870日圓

ワンプレートミックス（お<ruby>好<rt>す</rt></ruby>きなものを<ruby>二品<rt>にしな</rt></ruby>） ————— <ruby>２２００円<rt>にせんにひゃくえん</rt></ruby>
wa.n pu.re.e.to mi.k.ku.su o su.ki.na mo.no o ni.shi.na
綜合拼盤（任選二種）————————————————————— 2200日圓

ぞうすい
雑炊

クッパ

ku.p.pa

a.ka wa.i.n

くろなま
黒生

チヂミ

ni.ho.n.shu

あわもり
泡盛

居酒屋

いざかや

i.za.ka.ya　居酒屋

　　很多忙碌的日本上班族，喜歡在工作結束後，到居酒屋喝幾杯來紓解疲憊的身心。而迎新送舊、忘年會、新年會、交友聯誼等一般成人的聚會，也多在這種較無拘束，而且可一邊享受美食、一邊把酒言歡的場所舉行。

　　居酒屋供應的美味不僅是下酒的良伴，也是值得單獨品嚐的佳餚。因為大部分的居酒屋都提供有「ソフトドリンク」（＜ so.fu.to do.ri.n.ku ＞；不含酒精的飲料），即使不會喝酒的朋友，也不必擔心。接下來，就讓我們快來看看有什麼好酒好菜吧。

まずは 生[なま]ビール を ください。

ma.zu wa na.ma bi.i.ru o ku.da.sa.i

先給我 生啤酒 。

先乾一杯再說吧！

ドリンク

< do.ri.n.ku >

飲料

一踏進居酒屋剛坐下來，店員就會馬上問您要什麼飲料，因為是居酒屋，即使不會喝酒的朋友，也點杯軟性飲料吧！不然怎麼乾杯呢？

把下面的美食，套進□說說看！

黒生[くろなま]

< ku.ro na.ma >

黑生啤酒

瓶[びん]ビール

< bi.n bi.i.ru >

瓶裝啤酒

地[じ]ビール

< ji bi.i.ru >

地方特產啤酒

把下面的美食，套進 □ 說說看！

日本酒 (に ほんしゅ)
< ni.ho.n.shu >

日本酒

芋焼酎 (いもじょうちゅう)
< i.mo jo.o.chu.u >

芋燒酒

麦焼酎 (むぎじょうちゅう)
< mu.gi jo.o.chu.u >

麥燒酒

泡盛 (あわもり)
< a.wa.mo.ri >

泡盛

白ワイン (しろ)
< shi.ro wa.i.n >

白酒

赤ワイン (あか)
< a.ka wa.i.n >

紅酒

---

*註）怎麼點啤酒：ピッチャー（< pi.c.cha.a >；壺裝）、大（だい）（< da.i >；大杯）、中（ちゅう）（< chu.u >；中杯）、小（しょう）（< sho.o >；小杯）

*註）日本酒的喝法：冷酒（れいしゅ）（< re.e.shu >；冷酒）、熱燗（あつかん）（< a.tsu.ka.n >；熱酒）、温燗（ぬるかん）（< nu.ru.ka.n >；溫酒）

*註）燒酒的喝法：ロック（< ro.k.ku >；只加冰塊）、水割り（みずわ）（< mi.zu wa.ri >；加水）、お湯割り（ゆわ）（< o.yu wa.ri >；加熱開水）、緑茶割り（りょくちゃわ）（< ryo.ku.cha wa.ri >；加綠茶）、ウーロン割り（わ）（< u.u.ro.n wa.ri >；加烏龍茶）、ソーダ割り（わ）（< so.o.da wa.ri >；加汽水）

*註）紅酒、白酒的點法：グラス（< gu.ra.su >；杯裝）、ボトル（< bo.to.ru >；瓶裝）

警語：お酒（さけ）は20歳（はたち）になってから。（< o sa.ke wa ha.ta.chi ni na.t.te ka.ra >；未成年請勿飲酒）

ジントニック は
ありますか。

ji.n.to.ni.k.ku wa a.ri.ma.su ka

有 琴湯尼 嗎？

適合女性的
甜美滋味

カクテルとサワー
< ka.ku.te.ru to sa.wa.a >

雞尾酒和沙瓦

　　說日本是愛飲者的天堂一點也不為過，除了揚名國際的清酒和燒酒，雞尾酒和沙瓦的種類亦繁不勝數，因甜美順口，可要小心別喝過頭喔。

把下面的美食，套進 □ 說說看！

ソルティードッグ
< so.ru.ti.i do.g.gu >
鹽狗

● **シンガポールスリング**
< shi.n.ga.po.o.ru su.ri.n.gu > 新加坡司令

● **スクリュードライバー**
< su.ku.ryu.u do.ra.i.ba.a > 螺絲起子

警語：お酒はなによりも適量です。（< o sa.ke wa na.ni yo.ri mo te.ki.ryo.o de.su >；飲酒請勿過量）

把下面的美食，套進□說說看！

●**カシスオレンジ**
< ka.shi.su o.re.n.ji >
黑醋栗柳橙

モスコミュール●
< mo.su.ko myu.u.ru >
莫斯科騾子

カルピスサワー
< ka.ru.pi.su sa.wa.a >
可爾必思沙瓦

レモンサワー
< re.mo.n sa.wa.a >
檸檬沙瓦

なましぼ
**生搾りグレープ
フルーツサワー**
< na.ma shi.bo.ri gu.re.e.pu.
fu.ru.u.tsu sa.wa.a >
鮮榨葡萄柚沙瓦

うめしゅ
●**梅酒サワー** < u.me.shu sa.wa.a > 梅酒沙瓦

●**ファージーネーブル**
< fa.a.ji.i ne.e.bu.ru > 禁果（水蜜桃柳橙香甜酒）

●**ざくろサワー**
< za.ku.ro sa.wa.a > 石榴沙瓦

もも
桃サワー
< mo.mo sa.wa.a >
桃子沙瓦

警語：飲酒運転は法律で禁止されています。
（< i.n.shu u.n.te.n wa ho.o.ri.tsu de ki.n.shi.sa.re.te i.ma.su >；酒後開車違反法律）

えだまめ
枝豆 はとても
さけ あ
お酒に合います。

e.da.ma.me wa to.te.mo o sa.ke ni a.i.ma.su

毛豆 很適合下酒。

美酒怎能沒有
美食來相伴

しょくじ
食事
< sho.ku.ji >
料理

不論是煎、烤、煮、炸的各種熟食，還是呈現最原始滋味的生魚片，居酒屋的美食琳瑯滿目應有盡有。因份量適中，喜歡一次品嚐各種口味的朋友，選居酒屋準沒錯。

把下面的「おつまみ」（< o.tsu.ma.mi >；小菜）美食，
套進 □ 說說看！

ひややっこ
冷奴
< hi.ya ya.k.ko >
冷豆腐

しおから
塩辛
< shi.o.ka.ra >
鹽辛
（鹽醃製的海鮮類食品）

たこわさび
< ta.ko wa.sa.bi >
章魚山葵

把下面的「刺身」(<sa.shi.mi>；生魚片) 美食，
套進 □ 說說看！

刺身盛合せ
< sa.shi.mi mo.ri.a.wa.se > 綜合生魚片

馬刺し < ba sa.shi > 生馬肉

貝刺盛合せ
< ka.i sa.shi mo.ri.a.wa.se >
生綜合貝類

鯵の姿造り
< a.ji no su.ga.ta zu.ku.ri >
整尾竹筴魚生魚片

鶏刺し
< to.ri sa.shi >
生雞肉

湯葉刺し
< yu.ba sa.shi >
生豆腐皮

こんにゃく刺し
< ko.n.nya.ku sa.shi >
生蒟蒻

●**平目の薄造り**
< hi.ra.me no u.su.zu.ku.ri >
比目魚的薄切生魚片

●**カワハギ**
< ka.wa.ha.gi >
剝皮魚

ここの パリッとキャベツ を
食べたら、病み付きになります。

ko.ko no pa.ri.t.to kya.be.tsu o ta.be.ta.ra ya.mi.tsu.ki ni na.ri.ma.su

吃了這裡的 鮮脆高麗菜 ，會上癮。

喝酒之餘也
別忘了營養
的均衡

サラダと揚物
< sa.ra.da to a.ge.mo.no >
沙拉和炸食

　　經常外食的朋友，別忘了點道沙拉來補充蔬菜的不足。當然也不能漏掉把魚骨炸得酥透的炸魚或炸軟骨，因含豐富的鈣質，對身體很優喔。

把下面的「サラダ」（< sa.ra.da >；沙拉）美食，
套進 □ 說說看！

グリーンサラダ
< gu.ri.i.n sa.ra.da >
以綠色蔬菜為主的沙拉

ポテトサラダ
< po.te.to sa.ra.da >
馬鈴薯沙拉

シーザーサラダ
< shi.i.za.a sa.ra.da >
凱薩沙拉

把下面的「揚物」（＜a.ge.mo.no＞：炸食）美食，
套進□□說說看！

鶏の唐揚
＜ to.ri no ka.ra.a.ge ＞ 炸雞

軟骨の唐揚
＜ na.n.ko.tsu no ka.ra.a.ge ＞ 炸軟骨

桜海老のかき揚げ
＜ sa.ku.ra e.bi no ka.ki.a.ge ＞
炸什錦櫻花蝦

コロッケ
＜ ko.ro.k.ke ＞
可樂餅

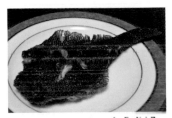

カレイの唐揚
＜ ka.re.e no ka.ra.a.ge ＞
炸鰈魚

揚げ出し豆腐
＜ a.ge.da.shi do.o.fu ＞
揚出豆腐

さつま揚げ
＜ sa.tsu.ma.a.ge ＞
薩摩揚

● しらすの天ぷら
＜ shi.ra.su no te.n.pu.ra ＞
魩魚天婦羅

● 鰯のつみれ揚げ
＜ i.wa.shi no tsu.mi.re a.ge ＞
炸沙丁魚丸

ちゅうもん
注文した つくね が
まだ来ていません。

chu.u.mo.n.shi.ta tsu.ku.ne ga ma.da ki.te i.ma.se.n

我點的 肉丸 還沒來。

把美味
串起來

くしやき
串焼

< ku.shi.ya.ki >

烤串

烤串是居酒屋的定番美味，特別是由炭火現烤的各種烤串，撲鼻的焦香令人難以抗拒，有「塩」(< shi.o >；鹽味)和「たれ」(< ta.re >；醬汁)二種口味。

把下面的美食，套進 □ 說說看！

ねぎ
葱ま
< ne.gi.ma >
雞肉蔥串

●トサカ < to.sa.ka > 雞冠
●ハツ < ha.tsu > 雞心

把下面的美食，套進☐說說看！

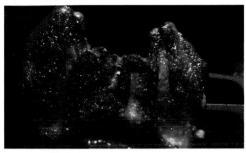

手羽先 < te.ba.sa.ki > 雞翅膀

（てばさき）

やげん軟骨
（なんこつ）
< ya.ge.n na.n.ko.tsu > 雞胸軟骨

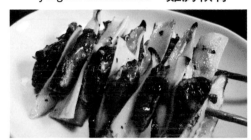

砂肝
（すなぎも）
< su.na.gi.mo >
雞胗

鶏皮
（とりかわ）
< to.ri ka.wa >
雞皮

レバー
< re.ba.a >
肝（雞肝）

鶏もも
（とり）
< to.ri mo.mo >
雞腿肉

ししとう
< shi.shi.to.o >
綠色小甜椒

●ぼんじり
< bo.n.ji.ri >
七里香（雞屁股）

●ささみ
< sa.sa.mi >
雞柳

今日の ししゃも は なかなかいけますね。

kyo.o no shi.sha.mo wa na.ka.na.ka i.ke.ma.su ne

今天的 柳葉魚 相當正點喔。

海鮮炙烤，味覺與嗅覺的雙重享受

魚介類の焼物

< gyo.ka.i.ru.i no ya.ki.mo.no >

海鮮的烤物

日本海產豐富，除了新鮮的刺身，也有「一夜干」（抹鹽曬一晚）、「鹽烤」等調理方法，多一道手續，別有一番滋味，值得一試。

把下面的美食，套進 說說看！

鮭の味噌漬焼

< sa.ke no mi.so.zu.ke.ya.ki >

烤味噌漬鮭魚

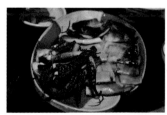

烏賊の一夜干

< i.ka no i.chi.ya.bo.shi >

花枝一夜干

鮎の塩焼

< a.yu no shi.o.ya.ki >

烤香魚

把下面的美食，套進 □ 說說看！

マグロのかま焼

< ma.gu.ro no ka.ma.ya.ki > 烤鮪魚下巴

ほっけの網焼

< ho.k.ke no a.mi.ya.ki > 網烤花鯽魚

サザエの壷焼

< sa.za.e no tsu.bo.ya.ki >
烤蠑螺

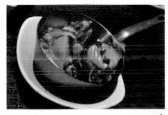

ホタテのバター焼

< ho.ta.te no ba.ta.a.ya.ki >
烤奶油扇貝

鱈の味醂焼

< ta.ra no mi.ri.n.ya.ki >
烤味醂鱈魚

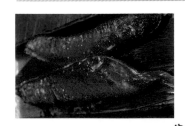

サーモンのハラス焼

< sa.a.mo.n no ha.ra.su.ya.ki >
烤鮭魚肚

焼ハマグリ

< ya.ki ha.ma.gu.ri >
烤蛤

●タラバ蟹の足焼

< ta.ra.ba.ga.ni no a.shi.ya.ki >
烤帝王蟹腳

●穴子の白焼

< a.na.go no shi.ra.ya.ki >
白烤星鰻
（不加調味料或醬汁，
直接燒烤）

飲んだ後の お茶漬け は 格別においしいです。

のん　あと　　　　　ちゃづ
かくべつ

no.n.da a.to no o cha.zu.ke wa ka.ku.be.tsu ni o.i.shi.i de.su

喝完酒後的 茶泡飯 特別美味。

酒後想睡好，別忘了這一道

ご飯・麺
はん　めん
< go.ha.n me.n >

飯・麺

酒後的碳水化合物是「別腹」（< be.tsu ba.ra >；形容用另外一個肚子來裝），因為肝臟分解酒精需要消耗大量的血糖，不填飽肚子晚上怎睡得著呢。

把下面的美食，套進□說說看！

焼うどん
やき
< ya.ki u.do.n >
炒烏龍麵

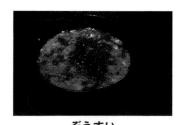

雑炊
ぞうすい
< zo.o.su.i >
菜粥

クッパ
< ku.p.pa >
韓國泡飯

把下面的美食，套進□□說說看！

石焼ビビンバ
^{いしやき}
< i.shi.ya.ki bi.bi.n.ba > 石鍋拌飯

二色おにぎり
^{に しょく}
< ni.sho.ku o.ni.gi.ri > 二種口味飯糰

ご飯セット
^{はん}
< go.ha.n se.t.to >
白飯套餐

塩焼そば
^{しおやき}
< shi.o ya.ki.so.ba >
鹽味炒麵

ラーメン
< ra.a.me.n >
拉麵

チヂミ
< chi.ji.mi >
韓式煎餅

鮭チャーハン
^{さけ}
< sa.ke cha.a.ha.n >
鮭魚炒飯

●辛みそ焼おにぎり
^{から} ^{やき}
< ka.ra.mi.so ya.ki o.ni.gi.ri >
香烤味噌飯糰

●上海かた焼そば
^{シャンハイ} ^{やき}
< sha.n.ha.i ka.ta.ya.ki.so.ba >
上海硬式炒麵

餐廳好用會話 MP3-45

店員　：これは本日のお通しになります。
te.n.i.n　ko.re wa ho.n.ji.tsu no o to.o.shi ni na.ri.ma.su

ご注文はもうお決まりですか。
go chu.u.mo.n wa mo.o o ki.ma.ri de.su ka

店員　：這是今日的小菜。

　　　　您決定好點什麼了嗎？

客　　：まずは熱燗を1本ください。
kya.ku　ma.zu wa a.tsu.ka.n o i.p.po.n ku.da.sa.i

客人　：先給我一瓶熱酒。

店員　：お猪口は2つでいいですか。
te.n.i.n　o cho.ko wa fu.ta.tsu de i.i de.su ka

店員　：酒杯兩個可以嗎？

客　　：いいえ、1つでいいです。
kya.ku　i.i.e hi.to.tsu de i.i de.su

客人　：不，一個就好了。

美食好用單字盒

　　「お通し」又稱為「お突き出し」（< o tsu.ki.da.shi >；小菜），在日本一進居酒屋，剛坐下來，侍者會先問您想要什麼飲料，並端來一份小菜，這是讓顧客在菜還沒上來的空檔，可暫時以這小菜來配酒。不過，要注意的是這「不點自來」的小菜並非免費，可是要另外付錢的。可以不要嗎？還是奉勸大家「郷に入っては郷に従え」（< go.o ni i.t.te wa go.o ni shi.ta.ga.e >；入境隨俗），不要太「番」。這是日本居酒屋的習慣，就當作是給店員的服務費囉。

平價好店大公開

とりよししょうてん　しんじゅく く やくしょまえてん
鳥良商店　新宿区役所前店

to.ri.yo.shi sho.o.te.n shi.n.ju.ku ku.ya.ku.sho.ma.e te.n

鳥良商店　新宿區役所前店

https://toriyoshishoten.jp/1501/

- 東京都新宿區歌舞伎町1-2-2 HF歌舞伎町大樓1樓
- 03-5291-8851
- JR新宿車站東口徒步8分鐘
  地下鐵丸之內線新宿車站B10出口徒步3分鐘
- 24小時營業

　　在日本關東地區，若提到雞肉料理專門店，很多人都會想到鳥良。特別是他們的招牌料理「秘傳炸雞翅」，因為選用的是良質雞翅，再加上10幾種辛香料擱置一個月使其發酵的秘傳醬汁和獨特油炸方式，所以擄獲了不少老饕的芳心。此外，使用日本國產大豆和天然鹽滷製成的手工豆腐也不能錯過，擁有專利的獨特做法，呈現出大豆最完美的的滋味。花樣繁多的雞肉烹調方式相信也會讓您耳目一新難以忘懷。其他分店詳細請參考如下網址。https://www.sfpdining.jp/brand/toriyoshi/

おすすめメニュー（推薦菜單）

ひ でん て ば さきから あ　　　　　　　　　　　　　　ごひゃくよんじゅうきゅうえん
秘伝手羽先唐揚げ ―――――――――――― ５４９円
hi.de.n te.ba.sa.ki ka.ra.a.ge

秘傳炸雞翅 ――――――――――――――――― 549日圓

　　　　　　や　　　　　　　　　　　　　　　　　　ろっぴゃくごじゅうきゅうえん
どて焼き ――――――――――――――――― ６５９円
do.te.ya.ki

味噌內臟煮 ――――――――――――――――― 659日圓

　　　てん　　　　　　　　　　　　　　　　　　　　よんひゃくごじゅうきゅうえん
とり天 ―――――――――――――――――――― ４５９円
to.ri.te.n

炸雞肉天婦羅 ――――――――――――――――― 459日圓

日本再生酒場　新丸ビル店

に ほんさいせいさか ば　　　しんまる　　　て ん

ni.ho.n sa.i.se.e sa.ka.ba shi.n.ma.ru.bi.ru te.n

日本再生酒場　新丸大樓店

https://shops.alwayssaisei.co.jp/
detail/1490003

🏠 東京都千代田區丸之內1-5-1 新丸大樓5樓

☎ 03-6267-0989

🚃 JR東京車站下，徒步1分鐘

😊 16：00～23：00

　　累積70餘年採買經驗與內臟處理的技
術，提供新鮮美味的各種燒烤內臟。店內昭和風華再現的復古裝潢，也別具風味。
想好好喝它幾杯的朋友，選這裡絕對讓您盡興又不會荷包失血。其他分店請參考如
下網址。

　　https://alwayssaisei.co.jp

おすすめメニュー（推薦菜單）

くし も　あわ

串盛り合せ ──────────────── せんごひゃくえん **1500円より**

ku.shi mo.ri.a.wa.se

綜合串烤 ─────────────── 1500日圓起

レバテキ ─────────────── ななひゃくごじゅうえん **７５０円**

re.ba te.ki

烤牛肝排 ─────────────── 750日圓

ゆでタン ─────────────── ろっぴゃくえん **６００円**

yu.de.ta.n

燙牛舌 ─────────────── 600日圓

渋谷東急本店前のひもの屋

しぶ や とうきゅうほんてんまえ や

shi.bu.ya to.o.kyu.u ho.n.te.n ma.e no hi.mo.no ya

澀谷東急本店前的干物屋

https://tabelog.com/tokyo/A1303/A130301/13019405

- 東京都澀谷區宇田川町33-8 塚田大樓B1
- 050-5486-4105
- JR澀谷車站下，徒步5分鐘
- 平日11：00～15：00・16：00～翌日3：00
  星期六・日・假日11：00～翌日3：00

　　喜好日本一夜干、不敢吃生魚片的朋友，來這裡就對了。干物屋產地精選的干物高達40餘種，除了一年四季常見的定番干物之外，季節盛產的干物也非常豐富。特別值得一提的是干物屋的烤物都是在店內入口處的炭火爐烤製而成，享用美食的同時，陣陣傳來的炭烤香更是令人食指大動。價格合理，午間還有更優惠的定食套餐，物超所值，值得一訪。其他分店詳細請參考如下網址。

https://tabelog.com/grouplst/G00318

おすすめメニュー（推薦菜單）

シマホッケ ———————————————— ２９４８円
にせんきゅうひゃくよんじゅうはちえん

shi.ma.ho.k.ke

花鰤魚 ———————————————————— 2948日圓

イカの一夜干し ——————————————— ９７９円
いち や ぼ
きゅうひゃくななじゅうきゅうえん

i.ka no i.chi.ya bo.shi

花枝的一夜干 ———————————————— 979日圓

焼き魚定食（ランチ） ——————————— ９９０円
や ざかなていちょく
きゅうひゃくきゅうじゅうえん

ya.ki.za.ka.na te.e.sho.ku ra.n.chi

烤魚定食（午餐） ———————————————— 990日圓

pi.i.to.ro

ロース

cha.n.ja

レバ<ruby>刺<rt>さ</rt></ruby>し

jo.o mi.no

レバー

<ruby>中<rt>なか</rt></ruby><ruby>落<rt>お</rt></ruby>ち

ha.ra.mi

やきにく
焼肉

ya.ki.ni.ku 日式燒肉

　　燒肉可用鐵板可用鐵網，可用瓦斯爐可用炭火，在這裡為您介紹的是使用炭火的「七輪」（< shi.chi.ri.n >；陶爐）或「無煙ロースター」（< mu.e.n ro.o.su.ta.a >；無煙烤爐）來燒烤的日式燒肉，特別是由炭火發出的紅外線輻射熱，可快速並均一的烤熟肉片，並使肉質略呈焦脆。燒烤時，因油脂會大量滴落，口感較鐵板燒肉清爽。特推使用「備長炭」（< bi.n.cho.o.ta.n >；白炭）的燒肉店，因較不易冒煙與附著雜味，可享受更上乘的燒肉滋味。

当店の カルビ は いかがですか。

とうてん

to.o.te.n no ka.ru.bi wa i.ka.ga de.su ka

我們店裡的 牛五花 如何？

炭火上熱情的滋味

にく
肉とホルモン

< ni.ku to ho.ru.mo.n >

肉類及內臟

掀開菜單，真讓人傷腦筋，這麼多美味該如何挑選？別擔心，下面將介紹的，是日本人一進燒肉店必點的人氣品，若您是燒肉初級班的朋友，可以參考看看喔。

把下面的美食，套進 □ 說說看！

ハラミ

< ha.ra.mi >

內橫膈膜

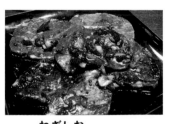

ねぎしお
葱塩タン

< ne.gi shi.o ta.n >

鹽蔥醬牛舌

なか お
●中落ち

< na.ka.o.chi >

牛肋間肉

把下面的美食，套進☐說說看！

ヒレ肉 < hi.re ni.ku > 牛菲力

ピートロ < pi.i.to.ro > 松阪豬肉

ロース
< ro.o.su >
牛里肌肉

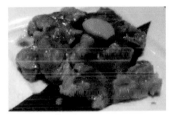

上ミノ
< jo.o mi.no >
上等毛肚

地鶏もも肉
< ji.do.ri mo.mo.ni.ku >
土雞腿肉

レバー
< re.ba.a >
肝（牛肝）

こぶちゃん
< ko.bu.cha.n >
牛小腸

●センマイ
< se.n.ma.i >
牛百頁

●てっちゃん
< te.c.cha.n >
牛大腸

*註）一般的日式燒肉店若無特別註明，提供的菜單多為牛肉，不能吃牛肉的朋友要特別留意喔。

131

にく
肉はとてもおいしいですが、
いか　しょうゆやき　わる
烏賊の醤油焼 も悪くないですね。

ni.ku wa to.te.mo o.i.shi.i de.su ga i.ka no sho.o.yu.ya.ki mo wa.ru.ku.na.i de.su ne

肉類雖然很好吃， 烤醬油花枝 也不錯呢。

光吃肉怎麼行

かいせん　　や さい
海鮮と野菜ときのこ
< ka.i.se.n to ya.sa.i to ki.no.ko >

海鮮、蔬菜、菇類

　　肉類雖是燒肉店的主角，但炭烤海鮮的美味也絕不比燒肉遜色。還有，要享受一頓均衡的燒肉大餐，也別忘了點些青菜或湯類來搭配喔。

把下面的美食，套進 □ 說說看！

にんにくのホイル焼
やき
< ni.n.ni.ku no ho.i.ru ya.ki >
鋁紙烤蒜頭

しおやき
●ふぐの塩焼
< fu.gu no shi.o.ya.ki > 鹽烤河豚

いそやき
●ホタテの磯焼
< ho.ta.te no i.so.ya.ki > 鮮烤扇貝

把下面的美食，套進 ☐☐ 說說看！

チョレギサラダ
< cho.re.gi sa.ra.da > 韓式沙拉

オイキムチ
< o.i.ki.mu.chi > 小黃瓜泡菜

野菜盛り
< ya.sa.i mo.ri >
綜合蔬菜盤

きのこのホイル焼
< ki.no.ko no ho.i.ru ya.ki >
鋁紙烤綜合菇類

ナムル
< na.mu.ru >
韓式拌菜

サンチュ
< sa.n.chu >
韓式西生菜

カクテキ
< ka.ku.te.ki >
白蘿蔔泡菜

●**海老マヨ焼**
< e.bi ma.yo.ya.ki >
美奶滋烤蝦

あそこの ユッケ はいくら
食べても飽きません。

a.so.ko no yu.k.ke wa i.ku.ra ta.be.te.mo a.ki.ma.se.n

那裡的 肉膾 ，怎麼吃都不會膩。

値得一試的
好滋味

その他
< so.no ta >
其他

別以為日式燒肉店只有燒烤，特別是牛膾（韓國的生牛肉料理）、生牛肝、生牛肚這些在其他餐廳享用不到的美味，也非常值得專程造訪喔。

把下面的美食，套進 □ 說說看！

チャンジャ
< cha.n.ja >
鱈魚腸鹽辛

●**レバ刺し** < re.ba sa.shi > 生牛肝

●**センマイ刺し** < se.n.ma.i sa.shi > 生牛肚

把下面的美食，套進□說說看！

クッパ < ku.p.pa > 韓式泡飯

れいめん
冷麺 < re.e.me.n > 韓式冷麵

とんそく
豚足
< to.n.so.ku >
豬腳

スンドゥブ
< su.n.du.bu >
韓國豆腐鍋

サムゲタン
< sa.mu.ge.ta.n >
參雞湯

いしやき
●**石焼ビビンバ** < i.shi.ya.ki bi.bi.n.ba >
石鍋拌飯

あわび
●**鮑のおかゆ** < a.wa.bi no o.ka.yu >
鮑魚粥

●**カルビタン** < ka.ru.bi ta.n >
牛五花肉湯

アイスクリーム
< a.i.su.ku.ri.i.mu >
冰淇淋

客　：カルビと特上リブロースを1つずつください。
kya.ku　ka.ru.bi to to.ku.jo.o ri.bu.ro.o.su o hi.to.tsu zu.tsu ku.da.sa.i

客人：給我牛五花和特級牛肋條各一份。

店員：塩とたれがありますが、どちらになさいますか。
te.n.i.n　shi.o to ta.re ga a.ri.ma.su ga do.chi.ra ni na.sa.i.ma.su ka

店員：有鹽味和燒烤醬，您要哪一種？

客　：どちらがさっぱりめですか。
kya.ku　do.chi.ra ga sa.p.pa.ri.me de.su ka

客人：哪一個比較清淡呢？

店員：それなら、塩がおすすめです。
te.n.i.n　so.re.na.ra shi.o ga o.su.su.me de.su

店員：那麼，建議您鹽味。

客　：じゃ、塩でお願いします。
kya.ku　ja shi.o de o ne.ga.i shi.ma.su

客人：那，麻煩給我鹽味。

店員：かしこまりました、少々お待ちください。
te.n.i.n　ka.shi.ko.ma.ri.ma.shi.ta sho.o.sho.o o ma.chi ku.da.sa.i

店員：了解，請您稍待一會兒。

美食好用單字盒

　　在燒肉菜單常會看到「塩」（＜ shi.o ＞；鹽醬）、「たれ」（＜ ta.re ＞；燒烤醬）等標示，這是因為一般的日式燒肉會先以鹽、胡椒、檸檬或各種燒烤醬來調味。除上述的鹽味和燒烤醬之外，還有「葱塩」（＜ ne.gi shi.o ＞；鹽蔥醬）、「味噌」（＜ mi.so ＞；味噌醬）等多種口味，風味口感各有千秋，都是值得一試的好滋味。

日式燒肉

平價好店大公開

牛兵衛草庵　西武渋谷店
ぎゅうべいそうあん　せいぶしぶやてん

gyu.u.be.e so.o.a.n se.e.bu shi.bu.ya.te.n

牛兵衛草庵　西武澀谷店

https://tabelog.com/tokyo/A1303/A130301/13038042/

🏠 東京都澀谷區宇田川町21-1西武澀谷店8F DINING PLAZA
☎ 050-5484-1348
🚌 JR澀谷車站下，八公口徒步1分鐘
😊 Lunch 11：00〜15：00
　　Dinner 15：00〜22：00（L.O.21：00）

　　用餐環境寬敞舒適，使用的牛肉是來自日本東北地區大自然所培育的高級山形和牛，有如大理石般的霜降牛肉，肉質紋理細緻，稱之為藝術品也不為過。

　　因為是跟契約牧場整頭購買，一些稀少部位也品嚐得到。晚餐價格稍微偏高，若預算有限，建議利用午餐時間，非常划算。其他分店請參考如下網址。

　　https://tabelog.com/grouplst/G00977/

おすすめメニュー（推薦菜單）

山形牛一頭六種盛り（三人前）
やまがたぎゅういっとうろくしゅもり さんにんまえ ────── ななせんごひゃくきゅうじゅうえん ７５９０円
ya.ma.ga.ta.gyu.u i.t.to.o ro.ku.shu.mo.ri sa.n.ni.n.ma.e
山形牛一頭六種部位（三人份）────── 7590日圓

牛兵衛ランチ
ぎゅうべい ────── さんぜんさんびゃくえん ３３００円
gyu.u.be.e ra.n.chi
牛兵衛午餐 ────── 3300日圓

バラエティーランチ ────── せんきゅうひゃくはちじゅうえん １９８０円
ba.ra.e.ti.i ra.n.chi
綜合午餐 ────── 1980日圓

炭火焼肉トラジ　丸ビル店

すみ び やきにく　　　　　まる　　　てん

su.mi.bi ya.ki.ni.ku to.ra.ji ma.ru.bi.ru te.n

炭火燒肉TORAJI　丸大樓店

https://www.ebisu-toraji.com/shop/tokyo23/chiyoda/marubiru/

🏠 東京都千代田區丸之內2-4-1 丸大樓6樓

☎ 03-5220-7071

🚇 JR東京車站下，由丸之內口徒步2分鐘

😊 Lunch 11：00～15：00（L.O.15：00）
Dinner 平日16：00～23：00（L.O.22：00）
　　　　星期六 15：00～23：00（L.O.22：00）
　　　　星期天・假日15：00～22：30（L.O.21：30）

　　該店採用高級牛肉，還堅持使用當旬的食材。店內裝潢以中世紀歐洲王朝為主題，高貴典雅的氣氛令人陶醉。若想在清幽雅緻的環境下享用高級的霜降牛肉，選這裡就對了。特別推薦午間套餐，種類豐富，價格合理，對肉類特別挑剔的老饕們，相信這裏鮮嫩多汁的燒肉，不會讓您失望。其他分店請參閱如下網址。

https://www.ebisu-toraji.com

おすすめメニュー（推薦菜單）

トラジ御膳 ———————————————————— さん ぜん えん **3 000円**

ごぜん

to.ra.ji go.ze.n

TORAJI御膳 ———————————————————————— 3000日圓

（含3種黑毛和牛、蝦、小菜、泡菜、拌菜、白飯、湯）

サラダ焼肉ランチ（平日限定） ——————— せんきゅうひゃくえん **1 900円**

やきにく　　　　　　へいじつげんてい

sa.ra.da ya.ki.ni.ku ra.n.chi he.e.ji.tsu ge.n.te.e

沙拉燒肉午餐（平日限定） ————————————— 1900日圓

（含沙拉、牛五花、牛腰脊肉、松阪豬、小菜、泡菜、白飯、湯）

焼肉御膳 ———————————————————————— にせんよんひゃくえん **2 400円**

やきにく ごぜん

ya.ki.ni.ku go.ze.n

燒肉御膳 ———————————————————————————— 2400日圓

（含牛五花、牛腰脊肉、松阪豬、熟成醃醬和牛、小菜、泡菜、拌菜、白飯、湯）

土古里　ルミネ横浜店
to.ko.ri ru.mi.ne yo.ko.ha.ma te.n
土古里　LUMINE横濱店

https://ramla-yakiniku.com/to-ko-ri-yokohama/

- 神奈川縣横濱市西區高島2-16-1
  LUMINE横濱店7樓
- 045-444-1522
- JR、東急東横、京急本線横濱車站下，
  往東口方向徒步1分鐘
- 11：00〜22：30（L.O.21：30）

　　因選用A4級以上高級山形、信州日本國產牛肉，要享受安全美味的高級燒肉，相信這裡不會讓您失望。鮮嫩多汁的國產牛肉之外，這裡也有健康又豐富的傳統韓國小吃和家庭料理。高貴不貴，午餐時間價格更是實惠，有興趣品嚐烤牛肉握壽司的朋友，更不宜錯過。其他分店請參考如下網址。http://www.to-ko-ri.jp/

おすすめメニュー（推薦菜單）

牛タンセット ----------------------------- ２０８０円
gyu.u.ta.n se.t.to
牛舌套餐 -------------------------------- 2080日圓

和牛カルビセット ------------------- １７８０円
wa.gyu.u ka.ru.bi se.t.to
和牛牛五花套餐 ---------------------- 1780日圓

和牛肉寿司贅沢雲丹のせ（2貫） --------- １５１８円
wa.gyu.u.ni.ku su.shi ze.e.ta.ku u.ni.no.se ni.ka.n
和牛肉壽司附奢華海膽（2貫） -------- 1518日圓

しるこ

ra.te

玄米茶
（げんまいちゃ）

蕨餅
（わらびもち）

yo.o.ka.n

ma.c.cha

ココア

豆かん
（まめ）

カフェと甘味処
ka.fe to ka.n.mi do.ko.ro
咖啡廳與和式茶寮

　　「お茶でも飲みませんか」（< o.cha de.mo no.mi.ma.se.n ka >；要不要喝杯茶什麼的？），這句話除了是日本男性向女性搭訕的經典台詞，也是忙碌的日本人經常掛在嘴裡的一句話。而要消疲解勞補充體力，飲料與甜點這完美的搭配，絕對是最佳聖品。

　　近年來，日本也出現不少走摩登路線演繹時尚新味的和風茶寮，不論是西式咖啡廳、傳統和式，還是新時尚的茶寮，都有品嚐的價值，在您前往日本遊山玩水或血拼之餘，不妨利用這些甜蜜滋味來充充電吧。

くずもち
葛餅 を食べるのは
はじ
初めてです。

ku.zu.mo.chi o ta.be.ru no wa ha.ji.me.te de.su

這是我第一次吃 葛餅 。

わ が し
和菓子
< wa.ga.shi >
和菓子

美容又養顏
的和菓子

　　擔心體重增加，又抗拒不了甜食的誘惑嗎？因為和菓子的原料都是紅豆、洋菜、薯類等天然的素材，要兩全其美，選和菓子就對了。

把下面的美食，套進 □ 說說看！

カステラ
< ka.su.te.ra >

長崎蛋糕

ようかん
羊羹
< yo.o.ka.n >

羊羹

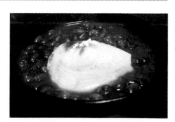

ぜんざい
< ze.n.za.i >

紅豆湯*

把下面的美食，套進☐說說看！

豆かん
< ma.me ka.n > 紅豌豆洋菜凍

わらびもち
蕨餅 < wa.ra.bi.mo.chi > 蕨餅

あんみつ
< a.n.mi.tsu >
蜜豆

しるこ
< shi.ru.ko >
紅豆沙＊

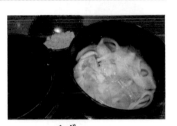

くず
葛きり
< ku.zu.ki.ri >
葛粉條

なま が し
生菓子
< na.ma ga.shi >
生和菓子

さくらもち
桜餅
< sa.ku.ra.mo.chi >
櫻花麻糬

お ぐらしらたま
●**小倉白玉**
< o.gu.ra shi.ra.ta.ma >
紅豆湯圓

まめだいふく
●**豆大福**
< ma.me da.i.fu.ku >
豆大福

＊註）仍有紅豆原型的叫「ぜんざい」（< ze.n.za.i >），濾過呈豆沙狀的是「しるこ」（< shi.ru.ko >），但「田舎しるこ」（< i.na.ka shi.ru.ko >；鄉下紅豆沙）還是可看到紅豆粒，二者裡面常會放上烤年糕或湯圓。

ショートケーキ は すでに売り切れです。

sho.o.to ke.e.ki wa su.de ni u.ri.ki.re de.su

奶油蛋糕 已經賣完了。

絕不比歐美遜色
的日本西點

スイーツ
< su.i.i.tsu >
西式甜點

除了傳統的和菓子，日本的西點製作水準亦堪稱頂級，在東京、大阪等大都市也有不少歐美頂級名店進駐，您豈能錯過。

把下面的美食，套進 □ 說說看！

ティラミス
< ti.ra.mi.su >
提拉米蘇

パフェ
< pa.fe >
聖代

モンブラン
< mo.n.bu.ra.n >
蒙布朗

把下面的美食，套進 ▢ 說說看！

ミルフィーユ
< mi.ru.fi.i.yu > 千層派

クレープ < ku.re.e.pu > 可麗餅

パンナコッタ
< pa.n.na.ko.t.ta >
奶酪

シュークリーム
< shu.u.ku.ri.i.mu >
泡芙

ワッフル
< wa.f.fu.ru >
格子鬆餅

●**ゼリー** < ze.ri.i > 果凍

●**ドーナツ** < do.o.na.tsu > 甜甜圈

●**スコーン** < su.ko.o.n > 思康餅

タルト
< ta.ru.to >
塔

毎日私は必ず　紅茶 を飲みます。

まいにちわたし　かなら　こうちゃ　の

ma.i.ni.chi wa.ta.shi wa ka.na.ra.zu ko.o.cha o no.mi.ma.su

每天我一定要喝 紅茶 。

紅花怎能沒有
綠葉襯，別忘
了點飲料喔

飲み物

の　もの

< no.mi.mo.no >

飲料

雖然甜點令人著迷，但走進咖啡廳或茶寮還是得點杯「速配」的飲料，才是完美的饗宴呢。

把下面的美食，套進 □ 說說看！

ブレンドコーヒー

< bu.re.n.do ko.o.hi.i >

特調咖啡

ラテ

< ra.te >

拿鐵

ココア

< ko.ko.a >

可可

把下面的美食，套進 □ 說說看！

ロイヤルミルクティー
< ro.i.ya.ru mi.ru.ku.ti.i > 皇家奶茶

エスプレッソ
< e.su.pu.re.s.so > 濃縮咖啡

カプチーノ
< ka.pu.chi.i.no >
卡布奇諾

ハーブティー
< ha.a.bu.ti.i >
花草茶

<ruby>抹茶<rt>まっちゃ</rt></ruby>
< ma.c.cha >
抹茶

ほうじ<ruby>茶<rt>ちゃ</rt></ruby>
< ho.o.ji.cha >
焙茶

<ruby>生<rt>なま</rt></ruby>ジュース
< na.ma ju.u.su >
鮮果汁

●<ruby>玄米茶<rt>げんまいちゃ</rt></ruby>
< ge.n.ma.i.cha >
玄米茶

●<ruby>煎茶<rt>せんちゃ</rt></ruby>
< se.n.cha >
煎茶

*註）ホット（< ho.t.to >；熱的），アイス（< a.i.su >；冰的）。

美子 ： これグランデって読むの。本当にややこしいわ。
yo.shi.ko　ko.re gu.ra.n.de t.te yo.mu no ho.n.to.o ni ya.ya.ko.shi.i wa

日本にいるのに、どうして英語なのよ。
ni.ho.n ni i.ru no.ni do.o.shi.te e.e.go na.no yo

美子 ： 這唸成grande嗎？真麻煩！明明在日本，為何是英語呢！

俊男 ： それは英語じゃなくて、イタリア語だよ。知らないの。
to.shi.o　so.re wa e.e.go ja.na.ku.te i.ta.ri.a.go da yo shi.ra.na.i no

俊男 ： 那不是英語，是義大利語喔，不知道嗎？

美子 ： ビールみたいに、大中小が一番分かりやすいのに。
yo.shi.ko　bi.i.ru mi.ta.i ni da.i chu.u sho.o ga i.chi.ba.n wa.ka.ri.ya.su.i no.ni

美子 ： 像啤酒那樣，明明用大中小最容易懂。

俊男 ： そんなのダサくない。
to.shi.o　so.n.na no da.sa.ku.na.i

俊男 ： 那樣不是太遜了嗎？

美子 ： とにかく分かればいいのよ。
yo.shi.ko　to.ni.ka.ku wa.ka.re.ba i.i no yo

美子 ： 反正知道的話就好了。

美食好用單字盒

　　雖然「大、中、小」和「Ｌ、Ｍ、Ｓ」（＜e.ru＞、＜e.mu＞、＜e.su＞）是分別飲料大小最普遍的單位，近年來因外國咖啡連鎖店進駐日本的影響，「ショート」（＜sho.o.to＞；小）、「トール」（＜to.o.ru＞；中）、「グランデ」（＜gu.ra.n.de＞；大）、「ヴェンティ」（＜ve.n.ti＞；特大）這種方式也很流行，記起來會很方便喔。

平價好店大公開

ナナズ　グリーンティー　マルイシティ横浜店

na.na.zu gu.ri.i.n ti.i ma.ru.i.shi.ti yo.ko.ha.ma te.n

nana's green tea　〇1〇1CITY横濱店

https://www.nanasgreentea.com/blogs/kanagawa/marui-city-yokohama

神奈川縣橫濱市西區高島2-19-12 〇1〇1橫濱2樓

045-620-6112

JR橫濱車站下，往東口方向徒步3分鐘

10：30～20：30

　　雖以傳統的抹茶、綠茶、甜點為核心，卻是以現代時尚的風格來呈現，相信能讓您耳目一新。和式茶點使用的素材多對現代人的健康與美容有助益，在您感覺疲累想吃點甜的、或有點小餓想補充能源時，時尚又健康的nana's green tea是很好的選擇。其他分店請參閱如下網址。

　　https://www.nanasgreentea.com

おすすめメニュー（推薦菜單）

抹茶白玉パフェ（ま.っ.cha shi.ra.ta.ma）	1000円（せん えん）
ma.c.cha shi.ra.ta.ma pa.fe	
抹茶糯米丸子聖代	1000日圓
黒胡麻クリームあんみつ（くろ ご ま）	700円（ななひゃくえん）
ku.ro go.ma ku.ri.i.mu a.n.mi.tsu	
黑芝麻奶油蜜豆	700日圓
わらび餅（もち）	680円（ろっぴゃくはちじゅうえん）
wa.ra.bi.mo.chi	
蕨餅	680日圓

エッグスンシングス　横浜みなとみらい店

e.g.gu.su.n shi.n.gu.su yo.ko.ha.ma mi.na.to.mi.ra.i te.n

Eggs'n Things 橫濱港未來店

https://www.eggsnthingsjapan.com/minatomirai/

- 🏠 神奈川縣橫濱市西區港未來2-3-1 Queen's Tower A 2樓
- ☎ 045-211-4511
- 🚃 港未來縣港未來車站下，徒步1分鐘
  JR櫻木町車站下，徒步8分鐘
- 🙂 9：00～22：00（L.O.21：00）

　　Eggs'n Things提供的餐點當中，伴佐鮮奶油和新鮮草莓、藍莓的鬆餅最享人氣。雖然大量的鮮奶油看起來相當怵目驚心，但吃起來卻一點也不甜膩。搭配新鮮藍莓或草莓的可麗餅與各式口味的奧姆蛋亦值得一試。其他分店請參考如下網頁：

　　https://www.eggsnthingsjapan.com

おすすめメニュー（推薦菜單）

ストロベリー、ホイップクリームと マカデミナッツパンケーキ ------------- 1507円
（せんごひゃくななえん）
su.to.ro.be.ri.i ho.i.p.pu ku.ri.i.mu to ma.ka.de.mi.na.t.tsu pa.n.ke.e.ki
草莓、鮮奶油和夏威夷豆鬆餅 ------------------------- 1507日圓

ブルーベリー、サワークリームクレープ ------ 1562円
（せんごひゃくろくじゅうにえん）
bu.ru.u.be.ri.i sa.wa.a ku.ri.i.mu ku.re.e.pu
藍莓、酸奶可麗餅 ------------------------------------- 1562日圓

本日のスペシャルオムレツ ------------------- 1650円
（ほんじつ）（せんろっぴゃくごじゅうえん）
ho.n.ji.tsu no su.pe.sha.ru o.mu.re.tsu
今日特製奧姆蛋 --------------------------------------- 1650日圓

豊島屋菓寮　八十小路
とし　ま や　か りょう　　は　と こう じ

to.shi.ma.ya ka.ryo.o ha.to.ko.o.ji

豊島屋菓寮　八十小路

https://www.hato.co.jp/shop/hatokoji

- 📍 神奈川縣鎌倉市小町2-9-20
- ☎ 0467-24-0810
- 🚌 JR横須賀線鎌倉車站下，徒步3分鐘
- 😊 10：30～17：00

　　豊島屋可說是神奈川縣屈指可數的和菓子老字號，而位於豊島屋本店後方的「豊島屋菓寮　八十小路」，也是近年來喜好和風甘味人士前往鎌倉的必訪之地，想品嚐上乘和菓子的朋友，此處必能滿足您挑剔的味蕾。寬適潔淨的店內與店外和式造景的小庭園，無時不洋溢著閒適幽靜的氛圍，可說是前往鎌倉時的最佳歇腳處。

おすすめメニュー（推薦菜單）

まめかん 豆羹	ろっぴゃくえん ６００円
ma.me ka.n	
豆羹（蜜豆加洋菜凍）	600日圓
お ぐら　　　こ 小倉しる粉	はっぴゃくえん ８００円
o.gu.ra shi.ru.ko	
小倉紅豆沙	800日圓
ほん　　　　　もち 本わらび餅	はっぴゃくえん ８００円
ho.n wa.ra.bi.mo.chi	
純蕨餅	800日圓

にんぎょうやき
人形焼

o.ko.shi

yo.o.ka.n

おこし

わ　さんぼん
和三盆

ma.n.ju.u

カステラ

ようかん
羊羹

附錄

- 數字與餐廳常用數量詞
- 自用送禮二相宜，
  日本人氣美食伴手禮
- 到「デパ地下」挖寶去

數字與餐廳常用數量詞

數字

一 位 數			
いち 一 < i.chi >	に 二 < ni >	さん 三 < sa.n >	し/よん 四 < shi / yo.n >
ご 五 < go >	ろく 六 < ro.ku >	しち/なな 七 < shi.chi / na.na >	はち 八 < ha.chi >
きゅう 九 < kyu.u >			

十 位 數			
じゅう 十 < ju.u >	にじゅう 二十 < ni.ju.u >	さんじゅう 三十 < sa.n.ju.u >	よんじゅう 四十 < yo.n.ju.u >
ごじゅう 五十 < go.ju.u >	ろくじゅう 六十 < ro.ku.ju.u >	ななじゅう 七十 < na.na.ju.u >	はちじゅう 八十 < ha.chi.ju.u >
きゅうじゅう 九十 < kyu.u.ju.u >			

練習

17日→　１ ７日　< ju.u.shi.chi ni.chi >

46人→　４ ６人　< yo.n.ju.u.ro.ku ni.n >

百 位 數			
ひゃく 百 < hya.ku >	に ひゃく 二百 < ni.hya.ku >	さんびゃく 三百 < sa.n.bya.ku >	よんひゃく 四百 < yo.n.hya.ku >
ご ひゃく 五百 < go.hya.ku >	ろっぴゃく 六百 < ro.p.pya.ku >	ななひゃく 七百 < na.na.hya.ku >	はっぴゃく 八百 < ha.p.pya.ku >
きゅうひゃく 九百 < kyu.u.hya.ku >			

千 位 數			
せん 千 < se.n >	に せん 二千 < ni.se.n >	さんぜん 三千 < sa.n.ze.n >	よんせん 四千 < yo.n.se.n >
ご せん 五千 < go.se.n >	ろくせん 六千 < ro.ku.se.n >	ななせん 七千 < na.na.se.n >	はっせん 八千 < ha.s.se.n >
きゅう せん 九千 < kyu.u.se.n >			

🐌 練習

よんせんさんびゃくじゅうに こ
4312個→ 4 3 12個 < yo.n.se.n.sa.n.bya.ku.ju.u.ni ko >

ろくせんごひゃくななじゅうきゅうえん
6579日圓→ 6 5 7 9 円
< ro.ku.se.n.go.hya.ku.na.na.ju.u.kyu.u e.n >

其 他 位 數

いちまん 一万 < i.chi.ma.n >	じゅうまん 十万 < ju.u.ma.n >	ひゃくまん 百万 < hya.ku.ma.n >	いっせんまん 一千万 < i.s.se.n.ma.n >
いちおく 一億 < i.chi.o.ku >	いっちょう 一兆 < i.c.cho.o >		

🐌 練習

わたし
私　：この梅くらげは1本いくらですか。
wa.ta.shi　ko.no u.me.ku.ra.ge wa i.p.po.n i.ku.ra de.su ka

我　：這梅醬海蜇皮一瓶多少錢？

てんいん
店員：税込みで５２５円です。
te.n.i.n　ze.e ko.mi de go.hya.ku.ni.ju.u.go e.n de.su

店員：含稅525日圓。

わたし
私　：それじゃ、２０本ください。
wa.ta.shi　so.re ja ni.ju.p.po.n ku.da.sa.i

我　：那麼，請給我20瓶。

てんいん
店員：２０本ですね、合計１０５００円になります。
te.n.i.n　ni.ju.p.po.n de.su ne go.o.ke.e i.chi.ma.n.go.hya.ku e.n ni na.ri.ma.su

店員：20瓶是吧，總共是10500日圓。

餐廳常用數量詞

個			
いっこ **一個** < i.k.ko > 一個	に こ **二個** < ni.ko > 二個	さん こ **三個** < sa.n.ko > 三個	よん こ **四個** < yo.n.ko > 四個
ご こ **五個** < go.ko > 五個	ろっ こ 六個 < ro.k.ko > 六個	なな こ **七個** < na.na.ko > 七個	はっ こ 八個 < ha.k.ko > 八個
きゅう こ **九個** < kyu.u.ko > 九個	じゅっ こ 十個 < ju.k.ko > 十個	なん こ **何個** < na.n.ko > 幾個	

個 (和 語 用 法)			
ひと 一つ < hi.to.tsu > 一個	ふた **二つ** < fu.ta.tsu > 二個	みっ **三つ** < mi.t.tsu > 三個	よっ **四つ** < yo.t.tsu > 四個
いつ **五つ** < i.tsu.tsu > 五個	むっ **六つ** < mu.t.tsu > 六個	なな **七つ** < na.na.tsu > 七個	やっ **八つ** < ya.t.tsu > 八個
ここの **九つ** < ko.ko.no.tsu > 九個	とお **十** < to.o > 十個	いく **幾つ** < i.ku.tsu > 幾個	

人　數			
ひとり 一人 < hi.to.ri > 一個人	ふたり 二人 < fu.ta.ri > 二個人	さんにん 三人 < sa.n.ni.n > 三個人	よにん 四人 < yo.ni.n > 四個人
ごにん 五人 < go.ni.n > 五個人	ろくにん 六人 < ro.ku.ni.n > 六個人	ななにん 七人 < na.na.ni.n > 七個人	はちにん 八人 < ha.chi.ni.n > 八個人
きゅうにん 九人 < kyu.u.ni.n > 九個人	じゅうにん 十人 < ju.u.ni.n > 十個人	なんにん 何人 < na.n.ni.n > 幾個人	

人　份			
いちにんまえ 一人前 < i.chi.ni.n.ma.e > 一人份	ににんまえ 二人前 < ni.ni.n.ma.e > 二人份	さんにんまえ 三人前 < sa.n.ni.n.ma.e > 三人份	よにんまえ 四人前 < yo.ni.n.ma.e > 四人份
ごにんまえ 五人前 < go.ni.n.ma.e > 五人份	ろくにんまえ 六人前 < ro.ku.ni.n.ma.e > 六人份	しちにんまえ 七人前 < shi.chi.ni.n.ma.e > 七人份	はちにんまえ 八人前 < ha.chi.ni.n.ma.e > 八人份
きゅうにんまえ 九人前 < kyu.u.ni.n.ma.e > 九人份	じゅうにんまえ 十人前 < ju.u.ni.n.ma.e > 十人份	なんにんまえ 何人前 < na.n.ni.n.ma.e > 幾人份	

杯、碗（酒類、飯、麵等單位）

いっぱい 一杯 < i.p.pa.i > 一杯（碗）	に はい 二杯 < ni.ha.i > 二杯（碗）	さんばい 三杯 < sa.n.ba.i > 三杯（碗）	よんはい 四杯 < yo.n.ha.i > 四杯（碗）
ご はい 五杯 < go.ha.i > 五杯（碗）	ろっぱい 六杯 < ro.p.pa.i > 六杯（碗）	ななはい 七杯 < na.na.ha.i > 七杯（碗）	はっぱい 八杯 < ha.p.pa.i > 八杯（碗）
きゅうはい 九杯 < kyu.u.ha.i > 九杯（碗）	じゅっぱい 十杯 < ju.p.pa.i > 十杯（碗）	なんばい 何杯 < na.n.ba.i > 幾杯（碗）	

串、瓶（烤串、炸串、酒類等單位）

いっぽん 一本 < i.p.po.n > 一串（瓶）	に ほん 二本 < ni.ho.n > 二串（瓶）	さんぼん 三本 < sa.n.bo.n > 三串（瓶）	よんほん 四本 < yo.n.ho.n > 四串（瓶）
ご ほん 五本 < go.ho.n > 五串（瓶）	ろっぽん 六本 < ro.p.po.n > 六串（瓶）	ななほん 七本 < na.na.ho.n > 七串（瓶）	はっぽん 八本 < ha.p.po.n > 八串（瓶）
きゅうほん 九本 < kyu.u.ho.n > 九串（瓶）	じゅっぽん 十本 < ju.p.po.n > 十串（瓶）	なんぼん 何本 < na.n.bo.n > 幾串（瓶）	

自用送禮二相宜，日本人氣美食伴手禮

　　用遍了日本當地的美食，可別忘了台灣的親友或公司同仁。當然，意猶未盡，仍不過癮的朋友，也可參考本篇介紹的美食，帶回家慢慢享用，以免空留遺憾。購買伴手禮之前，要特別注意保存方法以及賞味期限，即使是真空包裝的食品類，也會因為保存方法不當而變質，若拿來送人，不僅糗大還很失禮呢。

哪些伴手禮美味又有人氣？ 和菓子

せんべい・あられ・おかき
< se.n.be.e a.ra.re o.ka.ki >
仙貝、米菓類

　　仙貝、米菓類的伴手禮常溫保存即可，再加上最耐放，花樣口味多，也不用費心去尋找，舉凡超市、百貨公司的地下美食街都買得到，價格親民，又不重，很適合大量攜回慢慢享用。

　　特別推薦台灣較少見的「海老せんべい」（< e.bi se.n.be.e >；蝦子仙貝），有獨特的蝦味和芳香，日本超市、便利商店均有售。

ようかん
羊羹
< yo.o.ka.n >
羊羹

　　羊羹有大家最熟悉的「練り羊羹」（< ne.ri yo.o.ka.n >；煉羊羹）和「水羊羹」

（< mi.zu yo.o.ka.n >；水羊羹）。其中水羊羹因含水量較多，質地較為柔軟。除了經典的紅豆口味，也有栗子、綠茶、番薯、黑糖、鹹味等可供選擇。此外，還要為大家介紹一種屬於「生菓子」的「芋羊羹」（< i.mo yo.o.ka.n >；番薯羊羹），保存期限通常只有一、二天，雖不適合帶回，因帶有濃郁的薯香且不甜膩，很值得在當地一嚐為快。

おこし
< o.ko.shi >
爆米香

以米或小米為主要原料，混合糖漿、花生或芝麻的餅狀和菓子，若有機會前往東京淺草寺的「雷門」，可不要錯過正港的「雷おこし」（< ka.mi.na.ri o.ko.shi >；雷爆米香），若干大型百貨公司的和菓子攤位也買得到。

人形焼
< ni.n.gyo.o.ya.ki >
人形燒

發祥地為東京的人形町，目前是東京淺草數一數二的名產。有「あん入り」（< a.n i.ri >；包餡）和「あんなし」（< a.n na.shi >；無餡）二種，餡還分成紅豆、卡士達、抹茶、櫻花等多種口味。形狀多模仿五重塔、七福神或文樂人形。在淺草寺雷門仲見世的商店街，可買到現烤的人形燒，滋味比一般真空包裝的人形燒更勝一籌，只是無法久放，適合當天享用。

あん入り　化粧袋
１４個入　¥1,200

饅頭

<ruby>饅頭<rt>まんじゅう</rt></ruby>

< ma.n.ju.u >

饅頭

饅頭可說是日本觀光區土產店裡最常見的商品。做法有蒸有烤,而饅頭皮的材料也饒富變化,如糯米粉、蕎麥粉等等,有的還經過發酵或在外皮揉進豆子、小米等變化,而內餡更是琳瑯滿目、繁不勝數。在觀光區特產店買的饅頭多具當地特色,拿來送禮,不用說明,大家就知道您曾到此一遊喔。

八ツ橋・生八ツ橋

<ruby>八ツ橋<rt>やつはし</rt></ruby>・<ruby>生八ツ橋<rt>なまやつはし</rt></ruby>

< ya.tsu.ha.shi na.ma ya.tsu.ha.shi >

八橋・生八橋

八橋是以米磨成粉,加入砂糖、肉桂所製成的脆餅,也是京都最受觀光客歡迎的名產,而沒經過燒烤過程、包有各種內餡的則叫「<ruby>生八ツ橋<rt>なまやつはし</rt></ruby>」。京都才有嗎?別擔心,八橋是相當普遍的和菓子,百貨公司或大型超市幾乎都買得到。

カステラ

< ka.su.te.ra >

雞蛋糕

又稱長崎蛋糕,就外型來看,很多朋友以為就是蜂蜜蛋糕,其實這裡的雞蛋糕多使用糖漿而非蜂蜜,富濕潤的口感。還有一種叫「<ruby>釜<rt>かま</rt></ruby>カステラ」(< ka.ma ka.su.te.ra >;鍋燒雞蛋糕)的雞蛋糕,又稱「<ruby>東京<rt>とうきょう</rt></ruby>カステラ」(< to.o.kyo.o ka.su.te.ra >;東京雞蛋糕)因不使用糖漿,口味較為清爽。除了傳統原味、長條型的雞蛋糕,最近還有抹茶、黑糖、巧克力等口味以及饅頭型、蛋捲蛋糕型、可愛的卡漫人物造型可供選擇。

和三盆
^{わ さんぼん}
< wa.sa.n.bo.n >

和三盆

　　和三盆俗稱日本砂糖之王，為製造高級和菓子不可或缺的材料，因香甜高雅、入口即化，所以也有把和三盆直接凝固起來的和菓子，造型可愛，很適合送禮。長時間工作、讀書頭昏腦脹時，含一顆和三盆，對恢復疲勞很有效喔。

哪些伴手禮美味又有人氣？ 日本茶

お茶
^{ちゃ}
< o.cha >

茶

　　和菓子又稱「お茶請け」（< o.cha.u.ke >；茶點），既然買了茶點，可別忘了買茶，不然可是會美中不足喔。說起日本茶，從高級的「煎茶」（< se.n.cha >；經過燻蒸焙乾的加工綠茶）如「玉露」（< gyo.ku.ro >；玉露），到平價的「玄米茶」（< ge.n.ma.i.cha >；玄米茶，加有炒過的玄米，香味撲鼻，據說有舒緩壓力、降低血壓的作用）、「ほうじ茶」（< ho.o.ji.cha >；焙茶，也就是炒過的煎茶，香味濃郁，因咖啡因的含量較少，刺激性也比較低）、「番茶」（< ba.n.cha >；番茶，即匯集較嫩的莖或較老的葉所製成的煎茶，雖然香味較不明顯，但很清爽），種類相當豐富，因各有特色，都是送禮自用的最佳選擇。

　　此外，還要推薦讀者「桜茶」（< sa.ku.ra.cha >；櫻花茶，也就是鹽漬櫻花）與「昆布茶」（< ko.bu.cha >；昆布茶）這二種不是茶葉的茶，除了可以泡來當茶喝，

還可當作調味料使用，例如捏飯糰時，加點鹽漬櫻花能更添芬芳喔。

喜歡做甜點的朋友，也建議您帶罐「抹茶」（< ma.c.cha >；抹茶），不論是製做冰淇淋、湯圓、奶酪還是鬆餅，加點抹茶，就能有滿盈撲鼻的茶香呢。

哪些伴手禮美味又有人氣？ 海產乾貨

若有親朋好友喜歡小酌，贈送這類的休閒食品，一定能討得他們的歡心。

由於日本四周環海，海產豐富，再加上加工技術的發達，所以這類的伴手禮風味絕佳，價格也很合理。不論是大家相當熟悉的「さきいか」（< sa.ki.i.ka >；魷魚絲）、「いかくんせい」（< i.ka ku.n.se.e >；燻製花枝）到「するめそうめん」（< su.ru.me so.o.me.n >：魷魚素麵，也就是細如麵線的魷魚絲）、「帆立貝」（< ho.ta.te.ga.i >；扇貝）等調味貝類，還是日本常見「おしゃぶり昆布」（< o.sha.bu.ri ko.n.bu >；點心昆布）、「めかぶ」（< me.ka.bu >；芽蕪，也就是靠近裙帶菜根部的部位）、「味たら」（< a.ji ta.ra >；加味鱈魚乾），都是簡便的下酒小點，也是看電視電影、閒話家常時的最佳良伴。

若有機會造訪日本海產乾貨店是最好也不過了，不僅貨色齊全，也適合大量採購，像東京上野的「阿美橫」就有很多專賣店。沒時間去這些專賣店的朋友，也不用擔心，超市或便利商店都買得到，特別是酒類架櫃附近，陳售有各式小包裝產品，很方便一人享用。

年輕朋友的最愛 零食

スナック菓子
<small>が し</small>
< su.na.k.ku ga.shi >
零食

　　雖然在台灣也買得到從日本原裝進口的下述休閒食品，但大部分價格較昂貴，而且種類有限。運氣好的朋友，在日本可以買到限定季節或限量生產的產品，例如「小枝」的栗子、歐洲草莓口味就是限定季節與限量的產品。若有機會造訪觀光勝地的特產店也不妨注意一下，不難發現像「PRETZ」的信州蘋果、博多明太子等限定地區販賣、極富地方特色的口味。

　　一進超市，各種餅乾糖果琳瑯滿目，該如何選起？別擔心，下面將為大家介紹的是根據Goo網調所統計出來的人氣零食排行榜，也是日本人前往便利商店最常購買的十種零食，有這麼多日本人支持，怎麼會槓龜呢。

人氣零食排行榜TOP 10

- **第一名** 小枝（< ko.e.da >；小枝）
- **第二名** ポテトチップス（< po.te.to chi.p.pu.su >；洋芋片）
- **第三名** ソフトサラダ（< so.fu.to.sa.ra.da >；鹽味仙貝）
- **第四名** プリッツ（< pu.ri.t.tsu >；百力滋，PRETZ）
- **第五名** ポッキー（< po.k.ki.i >；百奇，POCKY）
- **第六名** コアラのマーチ（< ko.a.ra no ma.a.chi >；樂天小熊餅）
- **第七名** キットカット（< ki.t.to.ka.t.to >；奇巧，Kit-Kat）
- **第八名** トッポ（< to.p.po >；Toppo巧克力脆棒）
- **第九名** チョコボール（< cho.ko bo.o.ru >；巧克力球）
- **第十名** オレオ（< o.re.o >；奧利奧巧克力三明治餅乾，OREO）

到「デパ地下」挖寶去

被形容為「美食寶庫」的「デパ地下」（＜de.pa.chi.ka＞；「デパートの地下食品売り場」的省略），是日本人對百貨公司地下食品賣場的暱稱，販賣有「スイーツ」（＜su.i.i.tsu＞；甜點）、「惣菜」（＜so.o.za.i＞；熟食）、「弁当」（＜be.n.to.o＞；便當）、「酒」（＜sa.ke＞；酒）等多樣的食品。

地下賣場的入口多與電車車站連結，又位居熱鬧的商區和繁華街，不論是專程或順道，因地利之便，客源不虞匱乏。再加上百貨公司地下賣場的店舖多為著名的老字號或人氣店，口味品質有一定的水準，商品種類也非常豐富。而喜歡試吃的朋友，這裡也不會讓您失望，運氣好的話，還可品嚐到價格不斐的珍品呢。

想一睹日本飲食文化究竟，來一趟「デパ地下」之旅，保證受益良多，接下來就讓我們快來看看日本的百貨公司地下食品賣場有什麼「寶」吧。

甜點

據調查，榮登日本百貨公司地下街美食人氣排行榜冠軍寶座的部門為甜點。不論是新潮時尚的歐美西點，還是傳統道地的和菓子，這裡應有盡有。想要一口氣湊齊上篇介紹的伴手禮，前往老字號與人氣店齊聚一堂的地下美食街準沒錯。

嫌上咖啡廳太傷本，又想品嚐上乘甜點的朋友，買回飯店當點心，最合適也不過了。有些甜點如鮮奶油蛋糕或泡芙，因較容易變質，店家會提供「保冷剤」（＜ ho.re.e.za.i ＞；保冷劑）的服務，請放心購買。

日本近年來，在攤位旁邊附設「イートインコーナー」（＜ i.i.to i.n ko.o.na.a ＞；和製英語eat-in-corner，指內用的坐席）的百貨公司愈來愈多了，若想就近享用也很方便，價格也較店面便宜。喜歡甜點的朋友，特別推薦位於東京車站、甫於2007年重新開幕的大丸百貨，不僅集聚了更多聞名遐邇的老字號，還一改百貨公司往來的慣例，將甜食區設置於玄關處的一樓，非常方便購買。

熟食

因地利之便，忙碌的職業婦女或單身者，常在下班後前往百貨公司的地下美食街添購當晚的菜餚，美食街的熟食區除了常見的和式家常菜，也不乏中華，以及新穎時尚的歐美、東南亞等異國料理，種類之豐，令人無從選起。價格雖不比親手做的便宜，卻遠比外食划算，因為多出自名店，口味絕對上乘。

據調查，所有的熟食當中，炸食高居人氣之冠，舉凡炸豬排、炸蝦、炸天婦羅、炸牡蠣、可樂餅，都是日本人餐桌上常見的主菜，因為製作上較費時費工，因此大有人氣。

人氣緊接炸食之後的是沙拉，若有機會，仔細觀察，可發現不少專賣沙拉的攤位，而且販賣的沙拉不僅可以當作配菜，搭配有海鮮或肉類的沙拉還可當作主菜來享用。喜歡烤串或鰻魚等料理的朋友也不必擔心，這裡通通有。

想品嚐名店的料理又擔心荷包負擔不起嗎？從美食街買回飯店享用就對了。購買時可別忘了要筷子。在這裡還要告訴大家一個省錢的撇步，不論是熟食還是下面即將介紹的便當，在關店前的一小時左右就會開始大減價，多留意一下，就能省下很多旅費呢。

便當

每近中午，各攤位的醒目之處，就會開始堆積起各式的便當，以供鄰近的上班族購買。當然除了上班族常買的經濟型便當，也提供有聚餐、旅遊的豪華型便當。當您要搭乘新幹線等長途電車時，雖有「駅弁」（< e.ki.be.n >；鐵路便當）可就近選購，但種類不多，而且也未必是您喜歡的口味。這時候，不妨專程前往百貨公司的美食街選購您喜歡的便當，甚至小菜、甜點，保證可使旅途更多姿多彩。

在這裡要為大家特別介紹的是有季節性的便當，如「花見弁当」（< ha.na.mi be.n.to.o >；花見便當），每逢櫻花盛開的季節，店頭就會出現不少色彩繽紛的花見便當，以供賞花時享用。有花見便當，當然也有賞楓便當，此外，在各種特定的節

日如新年或敬老節，也會推出應景的便當。

這些季節性的便當使用的多是當令的食材，例如春天有「菜の花」（< na.no ha.na >；油菜花）、「筍」（< ta.ke.no.ko >；竹筍），秋天則是「松茸」（< ma.tsu ta.ke >；松茸）與「栗」（< ku.ri >；栗子）。如果您想對日本的當令食材做一番了解，逛逛這個美食寶庫，就可窺出端倪喔。

忍不住想立刻享用，也沒問題

有不少百貨公司的地下美食街在攤位的附近都會設置內用的坐席，雖然不是很寬闊，卻很便利顧客就近享用，大致上價格也較店面便宜，而且就好像吃路邊攤一樣，輕鬆又適意。不論是壽司、天婦羅、鰻魚飯，還是冰淇淋、咖啡紅茶果汁吧、甚至名牌老店特設的茶寮，想吃什麼，就有什麼。

近年來，還有不少老字號的百貨公司推陳出新，在攤位附近的特設席位也能享受到與高級餐廳並駕齊驅的道地美食。例如新宿伊勢丹百貨地下一樓販賣法國料理食材、熟食、麵包的攤位，就有提供道地的法國套餐料理。因為是地下美食街，吃起來輕鬆不拘謹，也適合單獨一人的顧客。

此外，還要介紹大家一個最近的新流行，那就是微波爐料理。這可不是把做好的食物加熱而已，而是利用特殊的容器，使用微波爐來烹調的料理。在東京都小田急百貨新宿店的地下二樓，就能享受到這種別出心裁的料理，很適合有點小餓，又不想吃太撐的朋友喔。

日語音韻表

〔清音〕

	あ段	い段	う段	え段	お段
あ行	あ ア a	い イ i	う ウ u	え エ e	お オ o
か行	か カ ka	き キ ki	く ク ku	け ケ ke	こ コ ko
さ行	さ サ sa	し シ shi	す ス su	せ セ se	そ ソ so
た行	た タ ta	ち チ chi	つ ツ tsu	て テ te	と ト to
な行	な ナ na	に ニ ni	ぬ ヌ nu	ね ネ ne	の ノ no
は行	は ハ ha	ひ ヒ hi	ふ フ fu	へ ヘ he	ほ ホ ho
ま行	ま マ ma	み ミ mi	む ム mu	め メ me	も モ mo
や行	や ヤ ya		ゆ ユ yu		よ ヨ yo
ら行	ら ラ ra	り リ ri	る ル ru	れ レ re	ろ ロ ro
わ行	わ ワ wa				を ヲ o
	ん ン n				

〔濁音・半濁音〕

が ガ ga	ぎ ギ gi	ぐ グ gu	げ ゲ ge	ご ゴ go
ざ ザ za	じ ジ ji	ず ズ zu	ぜ ゼ ze	ぞ ゾ zo
だ ダ da	ぢ ヂ ji	づ ヅ zu	で デ de	ど ド do
ば バ ba	び ビ bi	ぶ ブ bu	べ ベ be	ぼ ボ bo
ぱ パ pa	ぴ ピ pi	ぷ プ pu	ぺ ペ pe	ぽ ポ po

〔拗音〕

きゃ キャ kya	きゅ キュ kyu	きょ キョ kyo	しゃ シャ sha	しゅ シュ shu	しょ ショ sho
ちゃ チャ cha	ちゅ チュ chu	ちょ チョ cho	にゃ ニャ nya	にゅ ニュ nyu	にょ ニョ nyo
ひゃ ヒャ hya	ひゅ ヒュ hyu	ひょ ヒョ hyo	みゃ ミャ mya	みゅ ミュ myu	みょ ミョ myo
りゃ リャ rya	りゅ リュ ryu	りょ リョ ryo	ぎゃ ギャ gya	ぎゅ ギュ gyu	ぎょ ギョ gyo
じゃ ジャ ja	じゅ ジュ ju	じょ ジョ jo	びゃ ビャ bya	びゅ ビュ byu	びょ ビョ byo
ぴゃ ピャ pya	ぴゅ ピュ pyu	ぴょ ピョ pyo			

國家圖書館出版品預行編目資料

開口說！日本美食全指南　新版 / 林潔珏著
--三版--臺北市：瑞蘭國際, 2023.09
176面；17 x 23公分 --（元氣日語系列；43）
ISBN：978-626-7274-46-0（平裝）
1. CST：日語　2. CST：餐飲業　3. CST：讀本

803.18　　　　　　　　　　112012799

元氣日語系列 43

開口說！日本美食全指南 新版

作者｜林潔珏‧採訪攝影｜林潔珏‧責任編輯｜葉仲芸、王愿琦
校對｜林潔珏、葉仲芸

日語錄音｜今泉江利子、野崎孝男‧錄音室｜不凡數位錄音室
封面設計｜劉麗雪‧版型設計、內文排版｜張芝瑜、余佳憓、陳如琪‧美術插畫｜Ruei Yang

瑞蘭國際出版
董事長｜張暖彗‧社長兼總編輯｜王愿琦
編輯部
副總編輯｜葉仲芸‧主編｜潘治婷
設計部主任｜陳如琪
業務部
經理｜楊米琪‧主任｜林湲洵‧組長｜張毓庭

出版社｜瑞蘭國際有限公司‧地址｜台北市大安區安和路一段104號7樓之一
電話｜(02)2700-4625‧傳真｜(02)2700-4622‧訂購專線｜(02)2700-4625
劃撥帳號｜19914152 瑞蘭國際有限公司
瑞蘭國際網路書城｜www.genki-japan.com.tw

法律顧問｜海灣國際法律事務所　呂錦峯律師

總經銷｜聯合發行股份有限公司‧電話｜(02)2917-8022、2917-8042
傳真｜(02)2915-6275、2915-7212‧印刷｜科億印刷股份有限公司
出版日期｜2023年09月初版1刷‧定價｜420元‧ISBN｜978-626-7274-46-0

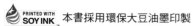

瑞蘭國際

瑞蘭國際